此時此刻 我不在

顏敏如 著

推薦序（一）

為「此時此刻我不在」作序

旅美作家／趙淑俠

當「此時此刻我不在」在美國世界日報發表時，忍不住斷斷續續地每天追著看，一反我向不閱讀副刊上連載小說的習慣。始因作者顏敏如為歐洲華文作協的會員，而我與歐華關係密切，在感情上就受吸引。另一個非常重要的原因，是這小說內容豐富緊湊，可讀性高，一看便難撒手。閱讀過程中，我看到了作者潛伏的才華，直覺地感到，顏敏如有條件成為未來的大小說家。

全書只有十萬餘字，應算短結構的長篇小說，但伸展的時間和空間甚遠闊，從1927至1968，跨越東西兩個世界。事件輪番穿插在台北、香港、倫敦及蘇黎世四個大城。以幾方面相關事件的連結，帶出特定的時空背景。四十年的滄桑歲月濃縮在十萬字裡，佈局必然要費番心思。這一點正可看出作者經營長篇小說的能力和氣勢。她刻意避免傳統的平鋪直述、白描或大段形容。運用跳接方式，讓情節穿插飛躍，極收簡潔有力之效。語言方面，採取台語國語並用，靈活而跌宕生姿。明的一面是增強了美學效果，隱藏在背後的，是作者善意的用心良苦。充分表現出巧思和慧心。

這本不長的書，負載的使命重之又重。情節中對日本的殖民統治，二二八事件，白色恐怖等等，都有深入描寫。女主角唐幻穿越整個故事，最是悲苦象徵。不單初戀情人受酷刑慘死，後來又嫁了個極無人性的丈夫，竟至在倫敦淪為娼妓。太悲苦的遭遇令她無以承擔生命之重，在磨難壓頂孤絕無援時，支撐活下去的方法，是將靈魂從肉體中抽離：「此時此刻我不在」。一個沒有靈魂的肉體，與布料縫製的玩具娃娃鮮少區別，布娃娃在故事進行中一再出現，發揮了隱喻作用。作者以「此時此刻我不在」點題並作為書名，是很好的饒有深意的設計。

作者雖然努力以愛情為主軸橫貫全書，可誰也看得出，「此時此刻我不在」，是一本激情澎湃，政治意味相當濃的，批判性質的小說。字裡行間流露出作者濃得化不開的責任意識。一本兩百餘頁的書，負了比它體積大出百倍的使命。它要訴說一個時代，為那些被不合理的統治下的犧牲者發聲，為那個充滿恐懼的荒謬年代做見證。顏敏如還年輕，本身沒經過那些痛苦和磨難，她查了一些當時的資料，自然也聽過長輩們的形容。可那些報導和回憶會不會偏頗或過於個人化情緒化？問題也就出在此處。我曾和朋友們討論過，各人皆肯定作者的才華和潛力，可也認為，寫真實的歷史事件，必得立足於歷史的正中間，不偏不倚。才會保持小說的藝術性和完整性。

1968年蘇黎世曾有一場小規模的學生暴動，作者巧妙地帶進小說裡，可謂十分寫實。六幾年代我正在歐洲，那是歐洲非常不平靜的一段時期。英、法、義、西班牙，多國青年人用激烈手段表現他們的憤怒，以當時的西德鬧得最起勁。日本的急進派也到歐洲來湊熱鬧。劫機、謀殺、凶殺的事時有發生。激烈份子在獄中絕食，其中曾有人死亡，似乎也夠悲壯，卻沒能引起廣大的同情與肯定，因為歐洲的社會較理性、健康，一般人都有判斷力，懂得「哪個國家、哪個民族沒有自己的滄桑！」，能以歷史為戒、為鏡，懷著包容寬諒的心往前去，不會把一個單一事件不斷地操弄，也不會把老一代的怨憤傳給下一代。今天的台灣居民都強調愛台灣，做法卻又常常背道而馳。生活不停地往前去，有些人偏要往回退，結果受害的是台灣。

作者憂患如山重，台灣的歷史地位，未來的走向，在國際間的孤立，是她心上的巨石，焦慮感溢於言表。在自撰的簡介中坦言：寫這本書的動機是因：「台灣鮮少為人所知」、「不甘心」。她立意要把台灣介紹出去。為了讓西方人易於暸解，小說初始是用德文寫的，隨後又自行譯成中文，花費過許多心思、時間，情緒的投入可想而知。作者對故鄉的一片孤臣孽子之心令人感動。相對地，台灣的當政者應覺慚愧並做檢討。若他們對台灣用情像顏敏如同樣深，台灣的現況也許能比今天稍強。國際之間講究的是現實，實力夠，別人才會重視你的存在。如果今天台灣能恢復到經濟四小龍之冠，怕想叫人不注意都難。

我一向尊崇創作自由，寫甚麼？怎麼寫？本是作家的權力，誰也不能置喙。但當顏敏如說要我為這本小說寫個序，把全部文稿寄來，再仔細閱讀時，竟感到有些許難以下筆。因為發現書中的某些看法，對事件的評估、結論，與我的認知確有距離。例如對藍明被「凌遲」而死的書寫，不管有無真發生過，都嫌用墨太濃，易收反效果。不如淡筆輕描的好。

對來臺接收的軍隊的形容也使我感觸良深。坦白地說，兵士受到重視和制度的保護，是政府遷台以後的事。在這以前，他們的命運如何，全看那帶頭的高官是甚麼作風！上戰場去抵抗侵略者本是責任，但他們很少得到公平的待遇和相對的尊重。帶兵的大官中愛兵如子，清廉剛正的為數不少，可「吃空額」，苛扣兵餉者亦大有人在，且從來不是秘密。兵士的生活往往簡陋到不合人性的程度。他們彷彿被當成廢棄物，像用過的一枚子彈，也許說砲灰還更恰當些。一個保衛國土的兵士，喪盡最起碼的尊嚴，情緒怎能平衡！加上教育的欠缺，根本就不知自己在做甚麼？可這是誰的錯呢？

很多事件起因於時代的悲劇，受苦的人也不只某一族群。可慶幸的是時間永遠往前去，給我們改正和建設的機會。顏敏如是一位秉賦聰靈，文采出眾的女性。我認為在她的心靈深處，亦有容納萬物的悲憫情懷。假以時日，將創作出內容更深刻，文字更優美創新，具文學份量的小說。我真的如此相信，並祝福，期待。

推薦序（二）

CELLO般的人生，CELLO般的文字

旅俄作家／白嗣宏

文友敏如的長篇小說《此時此刻我不在》要出書了，很替敏如高興。小說，政論，隨筆，散文，雜文，報導，種種文體，對歐洲華文文壇奇芭的敏如來說，均能信手拈來，如意發揮，為歐華文壇增添一條條七色彩虹。《此時此刻我不在》，恰是敏如創作中別具一格的作品。

作者敘述唐幻的故事，她的人生，她的愛情，她的苦難。她的情史宛若紅線，串連了她的苦難，使她的人生故事更為感人。

唐幻的初戀，從情竇初開到少女懷春，描繪得絲絲入扣。從拒絕約會到盼望約會，再到躁動；初會未成，心情大跌。這場沒有見面的初次約會，卻比見面還要情深。日後每當她憶起自己的初戀，她記得每一次見到藍明的時間地點。作者著墨簡略，卻能寫出唐幻細微的心理歷程。唐幻的再戀，又是一番心理感受。她內心的苦鬥，與初戀完全不同。愛與不愛？愛揚，是不是對藍明的背叛？不愛，是對自己此時此刻感情的背叛。把揚當作藍明的影子來愛，是對揚的辜負。萬端情絲交叉穿織，又是一場苦戀。作者筆下的愛情不落俗套，出神入化。

初戀，因臺灣的一場政治事件化作纏繞一生的愛魂，再戀卻因歐洲60年代極左的學生運動留作遺憾。平凡的人不想參與世間政治，政治卻不放過平凡的人，一定要置平凡的人於絕境。唐幻的兩次戀愛和兩次政治事件，歐洲和亞洲，臺灣和瑞士，做為過場的香港和倫敦，形成這部篇幅不大的長篇小說的複調。這種現代小說的手法，也表現在敘事的跳躍。故事在臺北——瑞士——倫敦——高雄——香港之間跳躍。1967年，唐幻的手被揚握住，她的思緒跳回到1946年被藍明握住時的溫馨。1968年的蘇黎士，唐幻奔向火車站。突然間，她「遁入那個清晰而遙遠的記憶裏」，1947年的臺北，藍明的離去。作者的思維空間，思維天地，無垠無際，恰似天馬行空，沒有功力是不能如此瀟灑文字的。

敏如是一個有著非常嚴格追求的作家。她把愛的故事寫成內在的純美，寫成普世之美，寫成愛與大自然和諧之美，這種美頂得住紅塵的干擾。她有著深厚的中西文化功底，有著良好的中西文學修養，駕馭中西小說技巧的能力更是令人歎羨。這也是她作為漂泊海外華文作家的獨到之處。

敏如有著豐富浪漫的人生，有著令人驚豔的音樂素養。她特別迷戀音色低沈渾厚的CELLO，她的文字就像CELLO一樣幽雅迷人。我想有了CELLO的陪伴，敏如的人生，敏如的文字，會更加美麗更加動人。

2007年7月於仲夏之莫斯科

目次

楔子

廚房的門不是和門柱緊密吃扣在一起的裝置，只要以手肘或側身輕輕一撞，門扉便能翻翻翩翩由大擺至小擺而後停止。門的這面是香煙味，門的那面則是如同長在空氣裏蔥蒜油爆鍋碗瓢盆的混雜味，驅趕不走，即使門窗大開，最多也只能稍稍稀釋而已。自從到蘇黎世定居之後，唐幻每天都得飽受除了歲月之外，這悄悄將人催老兩種惡味的侵害。

上個週末淑英特地從香港給她帶了件墨綠旗袍，還是上海老師傅的手藝。淑英就是這麼個性子，不但自己好打扮，更看不得別人醜，直嚷嚷，唐幻的身材不讓旗袍來襯托，根本是暴殄天物。唐幻則是一貫地溫存微哂，由她說去，直到淑英提醒，老闆娘一襲合身的旗袍絕對是這家中國餐廳的活招牌，才算是勉強說動了唐幻。

這骨架勻稱的女子就是一逕子的瘦，早年在家，母親使常嘮叨，說唐幻正是被自己的死心眼給捻瘦的，凡事都得乾乾淨淨服服貼貼才穩妥。裙擺的一小節脫線不剪去不快意，灶上的一小塊煤渣子總要清除了才心願情甘地淘米洗菜。

現在這身旗袍必定又是被油味煙味給薰透，天寒地凍，要是稍開了門窗，只怕食客要嘟嚷，礙著了生意也不是唐幻所樂見，只能隱忍。日日夜半收工回到家，從頭髮到內衣，無一不被餐廳裏的空氣給醃漬了。

唐幻不只學不來抱怨，還深感慶幸，至少她不需耗在廚房裏度日。春華園的掌廚是林關寶——她二十年來所謂的丈夫。蘇黎世少數的華人總愛酸溜地說，人家是男主外女主內，春華園的兩個主子倒是搬了門，異了位，女人家成天讓洋人看上看下，支來使去，不但不懂得避嫌，還把女兒拖下海。風涼話聽在耳裡並不好受，只是唐幻好不容易掙來這些個自主的日子，珍惜都來不及，便努力愛聽不聽地由人說去。

唐幻有股令人無法捉摸奇特而吸引人的質地。說是蘇黎世人引她以為豪自是言重，上過春華園的人總是呼朋引伴相偕而來，有意無意間，唐幻便理所當然成了他們的話題倒是不爭的事實。這女人的美不只是屬於亞洲特有的神祕，最令人無法釋懷的，唐幻的質地似乎是某種深沈傷痛，歷經幾世紀壓縮所構成厚實靈透的結晶體。她的微笑既冷漠又溫煦，與人言語總是一脈的若即若離；內心世界彷若一座重重閉鎖的深院幽宮，蔓藤攀爬，篩不入一線陽光，透不出絲毫生躍的氣息。人人都覺得唐幻心裏隱藏某種纏繞難解的迷，更知道任何假設都不適用在她身上，任何猜疑都顯得多餘，即使有人膽敢做出某種推斷，也會立刻遭致旁人毫不留情地否定。雖然人人都想一窺究竟，卻又拒絕得知真相，深怕昭示後的事實會奪去她的神祕，破壞她的美麗。蘇黎世人就這麼集體地鍾情於這個矛盾。

唐幻的令人遐想還跟她的來歷有關。每當有人問她來自何處，她只是以「來自不遠的地方」搪塞之後立即改變話題。歐亞之距，何止千里。是她心有丘壑，視世人為一體，還是她已足遍各地，處處是家？正當人們錯愕於她的不成答案，她卻已開始詳說每道菜的精華。這些迴異於西方的烹調術的確能立即而有效地移轉人們的注意力，而她一口孩童腔調的瑞士德語，更使得這東方女子深濛在稠霧裏，令人越發著迷。

對蘇黎世人而言，老闆娘的丈夫是主廚也算是順理成章，只不過唐幻與林關寶這個配對著實令人難以接受。若有人不經意在廚房門翻動的剎那往裏一瞥，總要驚訝得瞪眼搖頭。裏面操刀耍鏟的男人光著上身腳趿拖鞋，額頭以下嘴唇以上的部位彷彿被重機器狠狠擠壓，一塊短而寬的鼻頭，被麵粉沾黏過似地正貼在臉的中央。一顆肥大的圓頭活像隻浸了蠟的蘋果，油滋而紅潤。單單一個醜男人成不了氣候也上不了戲，一個如花的女人和這麼個男人生活在一起，便不得不引人窮思盡慮。不僅是蘇黎世的女人，連男人們也百思莫解，這對男女如何在床第間共成其事，難不成又是無解的亞洲之迷？

床與夜應是同卵攣生，夜更是予人平躺床鋪慰勞身心的時段，然而唐幻過去在倫敦的日子，卻不曾在夜裏闔過眼，更好說她是披著星月的外衣趕場地橫在床上做工，表面上是輕鬆掙錢，骨子裏卻是分分秒秒的草菅與凌遲。

有些行業天晚了才興盛，眠床上的男女並不全是拜過天地的夫妻。

CHAPTER 1

倫敦 1960

當初他們是被藏在貨船上從香港運送到倫敦。一家三口：一個貌美的母親，一個含苞的女兒，以及一個邪醜天殺的父親。究竟那滿載私貨的偽裝船在海上浮沈了幾多晝夜，唐幻早已不復記憶。而事情的導因卻是這般複雜又簡易：

那天林關寶破例在一週內第二次回家，臉色特別陰沈，空氣裏浮懸著焦躁的粒子。他手背身後，出奇地在小磚房裏不住地來回踱步，不安的汗水淌得他滿身滿臉。唐幻雖是心生怪異，卻也不主動與他說話。十多年都這麼過了，一向是他說她聽，或者他說她不聽。林關寶娶了個木美人當媳婦，不論是拳腳相向還是穢言污語，唐幻總有法子不吭聲不抗拒。她不是忍，而是不感覺沒反應，一臉恆久的冷漠不屑，連眉頭都不捨得皺一回。

太陽一避臉，這小丘上的人家便習慣性地要把聒噪與認命收拾進簡陋的屋子裡。天暗不久小燈初亮時，屋外閃進來一名不速之客。玉蓮正打算出房給母親端隻凳子修燈，見了個陌生人，忙不迭一轉身掀了布帘子又鑽回房去。男人頂個大光頭，賊似的一雙細眼，右頰上有顆黑痣，痣上毫不遮掩地長著幾根粗毛。林關寶分明是焦急地等著他的來到。唐幻與女兒玉蓮不曾經驗過這場景，詭異有餘，女人家靜在房裏總是穩妥些，隔著一片粗花布帘，外廳裏的人聲可是句句皆清楚。

「接下來這步棋你打算怎麼下？」光頭男人嘎聲問道。

「走！越早越好，越快越好。目前這是唯一的辦法。如果繼續留下來，遲早他會找上我。」

「沒錯。他養了一票小聽差，最近又上手了一批槍管了。」光頭說得輕鬆，語調裏有著幸災樂禍的嫌疑。

「你怎麼知道？」林關寶驚訝地問。

「你應該清楚我那買賣。顧客訂什麼，我就賣什麼，向來如此。只要訂得出來，沒有我拿不到的貨。算你走運，阿寶，到現在還有口氣可喘。他那票狗腿子在咱們九龍地還真是無所不在。」

「閒話少說，把開船時間講明白。約好的三塊金，絕不會少給你。」林關寶說得極為不耐。

「你還能多付一點的，阿寶，這差事挺吃重的，運人我可是第一遭。」光頭男人邊說邊向布帘子瞟了一下。

「怎麼，你想趁機訛詐？」林關寶的嗓門一下子提高不少。頭一揚，臉一沈，一付挑戰的架勢。不過他心知肚明，這節骨眼不是耍氣概的時候，凡事還是忍著點好。

「別急，別急，別吆喝嘛。訛詐，多難聽吶。我只是想……………」男人猶豫了一下，摸摸下頦，繼續說，「嘿嘿，我只是想，我只是想，如果能讓你女兒到我懷裏爽一下……」

母女倆縮在壞了燈的房裡，越聽心越寒。玉蓮的手早已緊張地出了汗，唐幻的心也噗跳得快躍出喉來。林關寶直以為預許的紅包夠沉夠重，沒料到賊眼在最後關頭還亮出這麼一招。

在他還沒來得及做出反應，只見唐幻從房裏一箭衝出，向那男人直搗而去，「你休想動我女兒一根汗毛，你休想，你休想……」

溫馴唐幻第一次發出嘶喊的聲音，竟是讓林關寶不寒而慄！

什麼都好說，價碼隨時都可調。當需求大於供應，價錢自然隨之上揚。現在林關寶性命受到威脅，離開香港是唯一的生路，走私人貨的男人看準了這點，就在他前腳後腳進了林家小門，瞥見玉蓮閃進布帘子的一剎那，立即決定賞給自己一道小甜點。沒料到才輕輕一提起，一個水緻緻的成熟女人居然自己送上門來。唐幻為了保護女兒發了狠的那股勁兒倒讓這賊眼光頭麻辣起來。行，清嫩不成，熟透了的反倒好。兩個男人議價的結果，唐幻理所當然成了祭壇上那隻羔羊。

當玉蓮拐進那間低矮不透氣的小艙房時，立即看見被黑油沾污肌膚，半裸在地板上的母親。唐幻一向梳理光整的長髮，卻糾結散落地掩去半張臉。她焦急慌亂將被撕裂的衣裳竭力往身上拉，拼拼湊湊就是蓋不滿張顯的身體。桶子罐子隨手抓，把自己團團圈住，以為就此可以遮掉那駭人的羞。無奈，艙房的黑對比她肉體的白，竟把那掩不住的恥辱映襯得更加燦爛。唐幻頂好的願望是整個人變墨變黑了隱沒在這穢臭的小室，偏偏這一切紛亂就直端端地看在女兒的眼裡。

玉蓮幾乎不認得自己的母親。她睜大了眼，張大了口，卻發不出聲來。她轉身在窄廊裏跌跌撞撞，好不容易終於能驚恐狂叫，直到聲嘶力竭又不住乾嘔。她奔回母親身邊，踢開罐子桶子，雙腳跪地，把母親一攬入懷，淚如朝露，斗大清澈。

自此，被凌辱的母親和受驚嚇的女兒不再有落單的時候。她們豈只是形影不離，倘若兩人能燒熔了膠黏在一起，才真的是稱心如意。

這樁半人半獸所犯下的罪行令唐幻憶起，年幼時，父母為了剪短她的髮所施加在她身上的蠻橫，那時的她，沒有丁點力量抗拒外力對她身體的翻攪；而這時的她，仍是那麼的虛弱，在暴力之下仍是那麼的慌恐無助！於是良善的心扉開始滋生恨意，她恨自己能思考，恨自己能感覺。若是肉體與感覺分離，她便可以不覺得苦；要是思想與肉體分開，她便可以不覺得恥。思想感覺消失了，她便可以不被關陷在肉體裏，反覆受辱。女人的身體是個物，這物卻銜接有思想有感覺的靈，只要人的一息尚存就不得將靈與物分割。把靈凌駕於物的完整人全然物化，就是一種殘忍，一種對唐幻最下賤的褻瀆。

那是二次戰後十多年的英格蘭，林家三口像鼠一般地被運到倫敦，也像鼠一般地在倫敦最黑暗的一區討生活。此處終年籠罩著一層濃霧，再強力的陽光也休想透得進來。這地方是生就喜愛活在晦暗狀態或害怕被辨認出的人的桃花源，是痞子、婊子、賊子、販子的大本營。有色人種在這兒過著怪異難解的日子，正經的白人沒有興趣一探究竟。被主流社會剔除的，可在此安身立命；作姦犯科的，可在此找到完美演出的舞台。這塊被唾棄之地還不時流淌著涓涓熱血，盛開著黑色的玫瑰，人人忙著生存，如何生活則乏人問津。

店鋪一家挨著一家，燻雞烤鴨破膛開肚掛在櫥窗裏滴油，饅頭包子爭相在蒸籠裏吐煙吶氣。窄擠的書店裏，一邊是蒙灰的經史子集，擺了多少時候也沒人理睬；另一邊則是成堆香港進口的色豔雜誌，香鮮得令人欣喜。東方女人雖是小了雙峰，可是光溜溜的身子就繫了件小紅絲綢肚兜，輕啟櫻唇，欲語還休，著實讓翻閱的人眼露貪婪，難以罷手。

市場上站滿了五味雜陳的攤子，蒼蠅盲飛亂舞，空氣裏永遠飄著一股魚肉腥，貓腳狗腿夾雜在人的匆忙步履之間左鑽右竄。中藥鋪的無數抽屜裏躺著製乾磨粉再也無法辨認各種動植物昆蟲的內臟與屍體。而那帖服下後足以讓女人痛不欲生在地上摔滾的墮胎藥，自然也是不得少。

熙攘的白晝吐吶它一般的普遍的翻騰氣息，當夜來臨，這地方便開始釋放出它的罪惡。一群鼠輩將黑夜著染成墨紅、墨綠、墨黃，而夜晚也提供他們各式生存的可能以為報。

林關寶是隻典型的夜行性動物，腥羶為前導，他熟悉這一角頭的每條死巷每個死角。賭場對他更是嫻熟不過，也是他唯一的心靈故里。必須以刺激為佐料才能有香辣生活的人，正是暗夜劇碼的上等主角。這隻人鼠深諳遠離貧困之道，在飯館打黑工，洗些油膩、缺角、被臉胖腸肥有錢大爺使用過的碗盤筷匙，或在蒸得冒煙的洗衣工房裏燙整白女人的絲質內衣褲，可不是他林某人幹的差事。要說他有著一拍胸脯，內室家小便不需拋頭露面張羅家計的大哥氣度，卻又過度抬舉了他。在賭場決戰生死的豪情壯志如同被春夏之際最猖獗的跳蚤叮咬一般，刺癢得他欲生欲死。逃命到倫敦的林關寶對快錢的需求難耐，他也總想得出法子止飢解渴。

這三口一家就棲身在林關寶無照工作的違章閣樓裏。兩間房，僅夠轉身。如廁盥洗還得走下吱吱作響的老舊木梯，側身旋過堆放鐵鍋蒸籠南北雜貨的廚房邊間才能到達。當初林關寶其實可以將唐幻及玉蓮丟棄在港，隻身逃逸。他的一念之仁還真嚇著了自己。不過，仁心自有仁報，那賊眼光頭倒給他提了個引子，世間哪有只許父親單獨養活一家的道理。虎毒當然不食子，他怎麼有能耐把玉蓮往肚裏吞，只不過想給她一個盡孝的機會，為父親掙點錢零花罷了。

那天當林關寶把這打算告訴了他的妻，一股寒氣頓時包攫了唐幻，她臉色泛白，無法言語，直狠狠地瞪著那頭半人獸。林關寶早已習慣不被唐幻正眼看待，這時被她瞅窘了，嗅出些許不祥，卻又說不明白，只得踐踐踐踐找他的樂子去。

沒人相信溫順的唐幻會下這麼個駭人的決定。那夜，林關寶篤定明晚一定有所進賬，也就提早上床。唐幻輕移手腳摸黑下樓，捻亮了飯館廚房的昏燈，抽出那把早被選定專切厚肉的彎刀，混身戰慄回到閣樓。滿月的清亮反射出刀體無暇的寒光，她雙手舉刀，深吸一口氣，正當要戳進瞄準了的咽喉，林關寶彷彿早已知情，一個挺身，猛飛唐幻一掌，彎刀落地，林關寶從床上躍起，朝著唐幻的下腹猛踹狠踢。天可憐見，漆黑裏，窄小的房間與低矮的天花板及時跛阻了更殘虐的暴行。

「想保護妳女兒是吧。行，我全安排好了，明天你就代她上工，妳這天生的賤貨！」是唐幻失去知覺前聽到的最後一句咆哮。她在昏迷中找到短暫的寧靜。

之後，唐幻被領著出入不同的房間，卻全都一樣的黝黑，一樣的嫌惡；印度人，中國人，就連蒼白的倫敦人也不例外。這些逐臭而居的男人自會散發出不同發酵積累的體味。印度男人臭得愚昧像壞去的雞蛋；中國男人臭得邪惡像隔日許久的餿油；而倫敦男人則不折不扣臭得勢力虛偽，如同專盛死貓死狗的垃圾箱桶。每當嫖客將他們色澤相異功能相同的器官在唐幻體內進出騷動，一道奇異冷風便從無處襲來。唐幻乘著它不斷攀升，穿過屋頂直達雲霄。

剎時天放光明，晴天如洗，雲朵彩虹為鄰，和風吹拂髮鬢，失去肉體的唐幻比空氣還輕。她俯望無際的汪洋，層層的峰巒，廣袤草原上是千千萬振翅飛舞的粉蝶。此時此刻我不在，她如是告訴自己。每一根神經末梢所傳達的訊息，與我只有斷絕的關係。我不聽、不感、不說、不應。此時此刻我不在，我不在，我絲毫不存在……

冬去夏來，時序更迭。每個不眠的夜晚，唐幻一次次重複上工前的儀式。她跪在玉蓮床前，疼惜地愛撫女兒睡夢中的臉頰，喃喃說道：「我還有妳呀，玉蓮，我還有妳。」

時常，玉蓮佯裝熟睡，一等母親輕聲下樓便翻身而起。她將前額枕在玻璃窗上，俯視母親踏出後門，隨著一名男子坐進車裏揚長而去。有時星光燦爛，有時風雨交加。她不明白母親的夜裏工作，卻從那隻將她遮額的瀏海撩撥兩旁又輕撫她雙頰的冷手，感覺出絲絲的痛楚。她不曾提出疑問，只要唐幻靜默地望向空無，不變地冷冷淺笑，她便有一個熟悉的，愛她勝過一切的母親。

是合法出入也好，是違法窩藏也罷，掙錢掙出了白髮的苦力，異國他鄉能有個女人作伴已屬不易，哪家有個標緻女人，消息的走漏怕不在俄頃之間傳遍千里。唐幻在這一帶是註定要出名的。中國人、印度人，就連倫敦人也不例外，人人稱她為中國娃娃。那天母女倆齊去買針線，一個因缺門牙而顯得口中有個大窟窿的瘦猴男人瞧見了她們，便隨行在旁大聲嚷嚷：「嘿嘿，漂亮的中國娃娃唷，妳的價碼太高了，妳也未免太貴了。難道我們這些掃街的，得等到妳兩腿不能再往外伸了才輪得到啊！怎麼樣，降個價嘛，我也好有點兒餘錢給妳買兩盒胭脂擦擦……」

路上行人駐足旁聽，玉蓮抓緊母親的手，唐幻揚起頭高貴悠閒地穩步前進，旁若無人。

雜貨店裏，雜貨橫陳。罐頭堆裡夾插著束包的香，火焰紅塑膠杯盤的右側就站有一桶炒菜用的花生油，一麻袋乾菇後頭的灰斑地上，坐著個穿開檔褲拖著兩道黃鼻涕的男童正在拍打他的尿，祖母模樣的老女人忙著清掃一地的魚刺雞骨。兩隻大紅燈籠被蒙塵的塑膠袋緊緊裹住，不給透氣。奉著佛祖的神龕近旁有座瘦薄的三層櫥窗，裏頭竟然挺立著幾個中國娃娃，在這一團的雜亂裏，更顯得她們的不食煙火。

多美的娃娃呵！玉蓮不禁心生讚嘆。她們明亮的圓眼被珠黑瞳孔裏的小白點襯得靈活靈現，高聳的雲髻深插著珍珠髮釵，中央開襟高領的白衫外頭罩著橙黃、嫣紅、寶綠、靛紫的絲質長袍。她們沈靜安穩，小而嫩的朱唇上是永恆的輕盈淺笑，與母親同樣的高傲孤冷，不說一句話。玉蓮雖是明白櫥窗裏的娃娃與人們喚她母親為中國娃娃的意義迥然不同，她依然要對眼前這些個美麗人兒賦予她自己的詮釋。玉蓮央求母親買個娃娃給她。

唐幻會買下她被扭曲身分的象徵？當然，她買下。如果被粗毛手捏握的雙乳，如果被流浪狗舔吻的臉孔，如果被魯暴翻弄的肉體不屬於她，那麼羞恥卑下的感覺何來之有？她買了，而且成雙地買。只要玉蓮歡喜，她沒有遲疑的理由。

現在這對小小人兒就站在正對春華園入門口靠裏邊角落的窗檯上，顧客一上門便能立刻看見這兩個迎賓的美麗娃娃。外觀上極為相似的唐幻與玉蓮則是娃娃的活現體，有氣息的美麗女人總比沒有血肉的娃娃更加吸引人。異國情調就是這種只能懷想不能親炙的快慰。春華園的飲食與女人便能提供這種幾乎到達癢處又搔不到癢的興奮與焦慮。

在蘇黎世的中國娃娃有著全然不同的內涵，她們辛勤忙碌，心安知足。唐幻是對的，中國娃娃從未遭到男人的蹂躪。

當初林關寶在倫敦時，聽說蘇黎世有家小餐館因香港老闆不願老死他鄉而有意轉手出讓，他便東闖西撞積極爭取，認為是時來運轉的好差事非撈到手不可。回想他在香港時的風光與在倫敦的處境相較，接手餐館該是他重整旗鼓的大好時機。他只管做當爺子數鈔票的發財夢，卻沒料到自己根本不是個學習外語的胚子。落難英倫時，他整日出沒的仍是中國人的週遭，雖是地理環境丕變，人事卻一逕相同，一旦來到蘇黎世，方才發覺自己身陷洋人世界動彈不得的無奈。從隻夜行灰鼠變為廚房蟑螂倒是他始料未及，成天在油霧煙雲裏營生的低等動物更是難有探首藍天的機會。

唐幻的床上工作不僅賺得了相當的金錢，更從倫敦領事館小官員的光顧，為全家賺得了合法的移民身份。以此為據，林家便由讓渡餐館的老華僑幫忙打點蘇黎世居留事宜。接手這小餐館後，唐幻一步步地拓改其原貌。凡事起頭難，從全然陌生到對環境的逐漸熟悉，從一磚一瓦的修砌到正式落成的餐廳，從完全不懂語言直到能夠掌控洋客人絕大部份的言行，唐幻耗盡心神，花磬林闕寶從她身上賺來卻獨自私攢的金條，她滿足於餐廳能稱合她的意，更驚訝於自己哪來如此的能耐。

春華園的天花板垂吊著幾隻紅猩的燈籠，十四張大小不一的桌子以雕有牡丹花形的不透明玻璃分隔成三區。不論客人是成單成雙或一來四人八人，總會輕易找到舒適合宜的座位。腳踩墨紅地毯，眼見粉牆上的幾幅行草書法及山水國畫，耳際響著簫箏吹奏的奇異樂曲，光臨春華園的賓客總能暫時忘憂解懷，沈溺在這異國情味虛幻不實的世界裏。

淑英原本就是這館子的老顧客，餐館換了主子倒是給她提供認識新朋友的機會。唐幻好相處，知道她就要主持這生意，淑英更是二話不說大力幫忙，幾年下來，她與林家便熟識得如同是自家人。

「說說看，妳該怎麼謝我？」淑英邊說邊幫唐幻掛窗簾。前兩天她帶著這批簾子出現時，唐幻正為一個二十人的訂位忙得無法招呼她。只匆匆示意，請她和計程車司機暫將簾子存放地下室。今天好不容易得空，兩個女人齊力將這些窗簾搬上來，準備為春華園添裝上彩。

金黃的布簾泛著黯淡的基調，上頭繡有綁著沖天髮辮的胖娃兒在溪邊戲水。三兩根藍色線絲勾勒出溪水的清澈。孩兒身後是簡樸的農舍，雞子鴨群忙著低頭覓食。

「這料子是我上個月從香港帶回來的，重得很。就為了這些，我還得多扛隻箱子。」淑英邊叨唸邊斜唐幻一眼。她不是為唐幻真有過大麻煩，無非是愛抬槓。

「還記得我跟妳要過窗子的尺寸？是要請我的清潔婦車縫的，瞧妳當時愛量不量的，推說妳自己做就成。誰聽妳的，就憑妳這身子骨，連要匹布都得費好大的勁兒。」

唐幻明白，淑英不過說說，哪會是真動了氣。謝她，就更甭提了。淑英什麼都不缺，丈夫疼她像顆稀世珍珠，她要的都有了，連不需要的也都餘出來佔滿一間大房。她曾是個演員，在邵氏出品的幾部戲裏擔任過不大不小的角色。

淑英跟她丈夫是在中環一家酒吧間認識的。當時已五十二歲的艾絲曼到亞洲採購手錶零配件，在香港停留時邂逅了跟朋友下工後去喝啤酒的淑英。八個月後淑英便成了艾絲曼太太，住進蘇黎世郊區一棟豪華公寓裏。她常在春華園午後休息時段突然出現，不旋踵，又風也似地飄了出去。只要一段日子不見淑英，準又是一場愛情戲正火熱上演。她再度上門時，便會一開口數小時，敘述她新結束的愛情，最初是如何在游泳池畔天雷地火，接下來是如何的雪月纏綿，最後必定有公式般的結論——男人都只想上床。

唐幻總是安靜聆聽，時輕顰，時淺笑，她望著淑英一開一闔的紅唇逕自想像：淑英是太寂寞了。三十三歲就擁有了一切，是幸？是不幸？

天正寒著，春華園裡卻暖旺地非得讓人也脫下小外套，才覺得舒坦。整整衣領，拉拉裙擺，唐幻手托一盤油綠綠在玻璃暖房裡植大的新鮮蔬菜，帶著她慣有的微笑，輕盈地走向七號桌。

第七桌坐著兩個饒舌的女人以及她們安靜的男人。這兩個女人邊餵食自己的嘴，又像魚兒吐泡一般，邊滑出一長串的話語。唐幻與自己約好，特別不看她們兩人的臉孔，總覺得失去口紅的唇如同被急雨打落的玫瑰花瓣，迅速褪黑枯萎，讓人瞧了沮喪。飯畢，女人相偕入洗手間，再度出現時，四片唇又上了新紅。唐幻覺得這是美麗在說謊，認為紅唇不是點劃出來的，應當自然生就。

端送十一號桌點的菜餚，唐幻特地不端三盤，而以兩盤上菜，為的是要讓自己能迅速移動，要在那個穿著特殊剪裁西裝，說話高貴有禮的老男人捏著自己大腿之前，快速離開。

就這般來回往返，唐幻天天在餐廳裡像個織布梭子不得停，總要走上幾公里路。冰箱的貨要點檢，酒窖要巡查，蔬菜間也不得疏於整理。忙過了頭也是好，無風無浪的生活正是她在倫敦時所虔心祈求的，如今她已擁有。而單調也正以它不教人花費心思的特質，讓她重新挖掘死去多年的過往以及冰鎮已久的憂傷。生意越好，貸款還得越快，她便越有心神憶起她的童年，憶起她萬年長青的故鄉，以及被濃霧遮掩，繁星般的前塵舊事。

那天下午，淑英又來串門，還特地自備上等茶葉，說是要唐幻和她分享。年關將近，這冬天冷得緊。蘇黎世的街道、建築、車輛全覆上了一層白雪。

茶氳漫漫，升起又分散，外頭雪下得靜。淑英剛從百貨公司來，非要唐幻看看她新買的長統靴子。

「這小牛皮好得很，又輕又軟，穿起來不覺得是在行軍綁腿。妳也該添購幾款新鮮的。自己不買，也得替玉蓮想想，她都多大了，一朵花似的。瞧妳這兒，生意好得很，怎麼著，捨不得花，光攢私房錢？」淑英一進門就說個沒完，「現在滿城都是聖誕節的燈飾，每個店家都打點得賽美似的，妳這館子也得打扮打扮。就這麼說好了，下個星期三我來接妳。」

唐幻微笑著點了點頭。

「把地下室那些過時的全丟出去，聖誕節對這些洋人可重要得很，我們得買些時髦又能配合這裏格調的東西。」淑英興奮得不住比劃，玲瓏的身材在緊身黑褲裝裏不安地扭動。唐幻依然點頭微笑。她靜靜地看著茶煙嬝嬝，如同深山裏的巨石，永不移動地坐在時間裏。

「……綠旗袍……人群……熱鬧……老師傅……精彩得很……炮陣……」

淑英的臉龐手勢在唐幻眼前晃動飄移，紅唇發出的每個音節轉變成單一的馬達聲。唐幻怎麼就想起那個新年，那些個慶祝的日子，以及藍明的一位遠房表妹。二十年後的今天，在千里外的瑞士，在這麼個百無聊賴的午後，那表妹的模樣竟無端地，幽靈般地兀自浮現。姓名為何已不記得，然而她那敵對譏諷的眼神，以及她如何在藍明與自己之間的萬里晴空散佈烏雲的林林種種，卻又活生生地翻躍出塵封的記憶。

後來，不堪的結局並非由這位表妹所引起，而是，而是，而是……

「唐幻，唐幻，妳到底聽我說話沒有？」淑英提高聲調，「想誰啊？妳這副樣子，我熟得很。有一次導演要我表達失意的神情，我根本做不到，沒失戀過嘛。只好在鏡子前練習又練習，直到導演滿意為止。說到這事就……」

雪花紛紛斜斜，今年聖誕一定又是茫茫的一片白。

CHAPTER 2

台北 1945

「快把燈關掉，唐幻，趕快，趕快。」母親在廚房裏急喊著。警報一聲大過一聲，催響得人心惶惶。母親移開灶口上的鍋子，從水缸舀了水直灌在炙紅的柴火上。父親牽著小唐安的手，一家四口匆忙地跟著大夥兒躲警報。美國人已轟炸了四年，現在更是變本加厲愈加頻繁。

鄰居們從晚餐桌旁往外疏散，像極了正在接力運糧的蟻群被頑童以竹棍打亂一般，四處奔竄。有的在慌亂中穿錯鞋，有的在門外焦急吆喝，直到家人全到齊了才一起逃命。大小孩背小小孩，廖先生則背著他八十二歲乾癟瘦弱的老母親。大人的喊叫，小孩的哭鬧，參雜警報器的乾號，是台北居民時時都得承受的不愉快。

黑暗裏唐幻看見阿玲跛著她的長短腳，一蹬一蹬吃力地朝前拐行，唐幻立刻趕了過去。

「妳走吧，妳爸媽正叫妳呢，我不方便，怕會拖累妳。」阿玲噓喘地想催走唐幻。

「不行，讓我幫妳。我們一定可以到得了，他們炸不到的。」唐幻說著，一邊撐起阿玲的半身，讓她能靠著她輕鬆點小跑。

阿玲是雜貨店老闆的女兒兼媳婦，兩歲時便從澎湖來到台北，目前仍是女兒的身分，過不久就要和老闆的兒子成親。童養媳難有美麗的未來，女兒與媳婦的差別就只在於是不是能給主家生育子嗣。只要功能無法搭配期望，女兒也好媳婦也罷，到頭來就只剩婢女的身價。

阿玲原有五個親生姊妹，她出生不久，父親在一次出海作業遇著氣候突變而一去不返。生娘無以為繼，只得販賣女兒。也不見得捨得，只望阿玲能過繼給好人家，要是么女遭受苦毒，也是她的命，出了家門好歹有個機會，留在這乾旱小島必定要吃苦。

澎湖的季風真有能耐將慈母般哺育島民的大海翻吹成噬人的怪獸，摧毀的不只是一個個習於拼搏的生靈，更是幾家子的未來與希望。大自然無情是為迎合不為人知的宇宙遊戲，苦命人的無情就只是維持生存的算計。

阿玲的養父母除了一個兒子之外，苦無其他子嗣，而她的生母在失去丈夫，沒有工作的情況下，卻要獨立撫養六個女兒，於是一個兩歲女娃兒不經事的渡海，也就多少紓解了這兩家所面臨的窘迫。

瘸腿阿玲是個懂事的女孩，早早便已認清自己的殘疾與身分，知道唯有勤奮能掩人苛責的耳目，七歲不到便搶著要幫忙看店。

由於雜貨店就在隔鄰幾家，唐幻常去零買些小東西，一瓶醬油，兩塊肥皂，一尺半的鬆緊帶，還有父親的五根香煙等等的。日子久了，唐幻和阿玲便熟識得有如親姊妹。每次唐幻上了雜貨店，兩個女孩總有說不完的貼心話。有時母親在家等急了，沒油下鍋，親自找了來，唐幻才不捨地跟阿玲道別。

隨著年齡增長，唐幻對阿玲的身世越發感同身受，時不時還陪她流淚。日本人征兵征得兇，阿玲的哥哥也難逃賭命的這一關。

那天店裡沒人，兩個要好的朋友得了空，輕聲聊了起來。唐幻被時局惹得滿心煩亂，想著阿玲的處境，又是沮喪又是無奈。原來阿玲的喜帖子就要發了，召集令一來，即便是千挑萬選才印就的金言金語，哪有說情的份。

「別為我難過，我的情況比其他童養媳好多了。有些不得不跟她們不喜歡的兄弟結婚呢！」阿玲反倒安慰起唐幻來。

「有他的消息嗎？」唐幻小心翼翼地問。

「沒有，一點也沒有，現在我都不敢在媽面前提起哥的名字。她早就把婚禮所需要的東西都準備好了，只要哥一回家，我們就成親。可是很久沒接到他的消息了，這妳也知道。」阿玲靜靜地說，內心似乎下了什麼決定。

唐幻欲言又止，其實是不知該說什麼。不僅是阿玲的哥哥，鄰家的年輕男子不也全被日本殖民主征召了去。

歡送木工李家大兒子的那天，他們全家戚戚然。李太太以手掩口力不出聲，只見她雙肩不住聳動，淚水全往肚裏灌。兒子原本要在木料店裏幫忙，逐步扛起養家的責任也照顧另外四個妹妹，這下不但事與願違，全家大小還得擔心他是否能平安歸來。陳家的遭遇更令人神傷，一個兒子在中國，另一個在菲律賓，全為日本人而戰，為日本慷慨捐出他們年輕的生命。

生養兒子原是大椿喜事，在國家主子不是自己人又碰上戰役連連的情況下，喜事變哀，也只能默默承受。唐幻的父親則暗自慶幸，他唯一的命根還只是個不經事的娃兒，在唐安肩能負槍之前，戰事怕不早已完結。

防空洞裏塞得滿，人人被強迫吸聞鄰人的體味。同躲一處，生死與共，忍著點，好歹總是活著的記號。唐幻因著阿玲的行動不便，雙雙殿後，堵在入口處。

「大家都問，到底戰爭什麼時候才結束？」阿玲輕聲在唐幻耳際窸窣。

「爸說，日本人能拿的拿，能刮的刮，搶得又急又快，這就是戰爭快結束的徵兆，他們正在拼死一搏。」唐幻滿懷希望地說。

唐幻因不完全確定而不敢明目張揚的喜悅也立刻感染了阿玲，她直端端地就想起戰場上的哥哥。阿玲自小便喜歡這個丈夫哥哥，雖是時常玩在一起，卻也像所有孩童一般，總有拌嘴失和的時候。幾年間，當阿玲長成了矜持的少女，便不知覺和丈夫哥哥保持了距離。不是她不再喜歡他，而是她對他的感覺無聲無息有了質的變化。只要他數小時不在，她便要開始無端地思念起他。她以只有自己懂得的方式觀察他，思想他。晚飯時，只要他在場，阿玲便出奇寧靜。有事必須轉達，也不再敢直愣愣地盯著他看。自從懂得了什麼是結婚，懂得了什麼是新婚夫妻對彼此對婆家的義務，她再也無法不彆扭地和他相處。

那天，他身著軍裝即將離家，阿玲紅著雙眼站在養父母身後送他，這對未成親的夫妻直視彼此數秒，算是訂下盟約，他必定回來，必定娶她，一起養小孩，如同他們各自的父母，如同千千萬尋常的家。

警報解除，晚飯已涼，人們分散回屋子裡去，吃著溫過的簡飯便菜，又已開始擔怕明天可能的缺糧。大家怨嘆這場戰爭不知還會攫奪幾多人命，上香謝過神明祖先保佑了今天的倖免，日子總得過下去。

唐幻的父母來到台灣的起初，沒有人和他們交往，只因為他們操著另一種語言。相同語言導致相同的思想形態、相同的罵人方式、相同的營生習慣。北京話聽在台灣人耳裏，比起已熟悉近五十年的日本語要陌生太多。與鄰居沒有共同的悲歡，唐家也就不得不接受身為陌生人的尷尬。

唐幻自小在一般的日本學校就讀，雖然北京話一直是唐慶的家庭語言，他仍將女兒送到廟宇旁的小學校學習中文。一般孩子以台灣語調唸誦書本，唐幻的一口正腔更顯得特殊，然而困難的漢字學習，可就不怎麼討她歡喜。唐慶在這事上絕不妥協，認為中國人不會漢字怎對得起列祖列宗。修腳踏車的空擋，他必監督唐幻一筆一劃練習。母親一向遺憾自己不識字，也堅信唯有透過讀書寫字方有能力求取更好的生活。唐幻雖不甚明白練字誦書的意義，卻也不令父母失望，母親更是對這個體貼的女兒疼得緊。

天下沒有無風浪的日子，孩童的生活並不因他們人小，就必定比大人承受的輕。有時唐幻回家哭訴，學校裏頑皮的男童喜歡扯她的長辮。母親聽了只淡淡地說：「剪短了，不就沒事兒了。」

「不要，不要，我要留著長髮，可是男生不許抓我的辮子。」

唐幻完全不同意母親的處理，她對自己的意願很是清楚。

「那不成，」母親說，「不是我把它剪了，永除後患，要不就留著，讓他們繼續扯。」

事情就這麼僵著，唐幻三番兩次哭著回家，直到發生了那件事：

「妳說，妳爸為什麼不會說話？」又是課後回家的路上，一個瘦小的男孩挑釁地問唐幻。

「我知道，我知道，她爸說謊，舌頭被天公割掉了。」另一個孩子自作聰明地說。

「快講，快講，妳爸有沒有舌頭？」兩個男孩圍著唐幻一前一後蹦跳著，「唐幻的爸爸是騙子，唐幻的爸爸說謊話，唐幻的爸爸是騙子，唐幻的爸爸說謊話……」

唐幻不識父親啞口的原因，她不曾問明，母親也沒向她提起。聾啞是父親的殘疾，是小女孩的羞辱。憤怒將她的臉漲紅，正準備跑開。兩個男童見狀，興奮獵物已入了陷阱，聯手擋著去路並開始抓起她的長辮。一人一邊往外扯，唐幻疼瘋了，一反平時的柔順，竟和她的敵人以拳腳相向。獵人與困獸的搏鬥，被侵犯的一方理直氣壯。髮被扯的疼痛轉變成必須贏的強烈意願，唐幻趁勢動員所有能集中的力氣，死命咬住其中一男孩的手臂，令他嚎啕不已。兩週後男孩的手臂仍是齒痕瀝瀝，淤血的情形更是拖得久。

此後再也沒有人膽敢招惹這個乖巧的小女孩。她也學得，拳頭是最好的武器，自己並不註定永遠要受欺凌。留在男孩身上的齒痕，不但帶給她無比自信，也把自己的髮辮從母親剪刀下拯救出來。然而後來的頭髮事件，卻有迥然相異的結局。

不久，日本殖民政府頒佈新條例，中文學校必須廢除，長髮必須剪短。這次唐幻的長辮再也躲不過母親的剪刀。當母親正在為謀害唐幻的髮辮做準備，力圖護髮的女孩又吼又叫，甚至企圖離家逃逸，卻遭到被父親綁在椅上，按緊頭顱，由母親操刀以成全法令的命運。

憤怒交織不甘，唐幻清楚感覺，頭髮如何與身體分離，對於加諸她身體的蠻橫如何切齒，而她在暴力之下，如何孤獨無援，如何能輕易被辱！她連哭三日，幾乎棄食，直到不支。由此她學得了，自己的拳頭並非最佳武器，一個超越她自衛程度的橫暴足以將她於剎那間摧殘毀畢。

那一年她十歲，日本侵略中國。

殖民主與母國連年爭戰，被殖民者既得不到母國的青睞，對殖民主而言，也不過是提供物資的加工廠，小百姓如何撼動得了體制的大山，台灣民眾只想穩妥地過日子。

唐家的小屋子就座落在一條普通的街道旁。這街，不窄，也不特別寬敞。右側是站得直挺一間接著一間的平房，左邊還是片雜草空地。除了唐慶的腳踏車店之外，木料行，雜貨店，麵攤子，西藥房還有幾個住家構成這條街的主體。

在一片平庸之中，距唐家二十公尺處，很不和諧地高突出一棟二樓洋房。這人人口中的「別墅」裏住著一位名喚雪子的日本少女以及她的父母親。除了無可避免的小傷小痛，街坊鄰居安靜地各自營生，沒人覬覦別墅裏可能的富貴，也不做任何攀附的嘗試。

唐幻的母親卓慧民是個賣菜婦，必須一早趕到市場，趁菜新鮮賣個好價錢。在不上課的日子，唐幻通常打點好家裏後便到井邊洗衣。不知何時何人在雜草地大榕樹邊鑿了口井，井旁還被糊上一圈水泥，以方便女人家能較輕鬆地完成家事的一部份。

樹蔭遮陽的井邊是女人們的命相館與叨絮場。哪家有人病重，大家一同流淚；哪家有人升遷，大家一同歡欣；哪個人遭了惡婆婆的苦毒，大家同仇敵愾；若有人必須施行不傷人太烈的報復，沒有人會吝於出主意。當初卓慧民就是在這個女人圈裏磨出了她的台灣話，由生轉熟，她也就逐漸地被接受。

每個早晨，女人們陸續提扛著大盆小凳及待洗的髒衣來到這個聚會場所。找到了位子，打過了招呼，從井裏汲水注滿半盆，便蹲坐在凳子上，開始不住地在洗衣板上來回搓動。每日的聚會必會有個結局，該被知道與不該被知道的消息，就在一來一往的搓衣動作裏被傳揚出去。

唐幻愛看井中盈盈晃晃虛幻中的自己，更喜歡把繫有粗繩的木桶拋到井裏，看著桶子如何在接觸水面的一剎間，打碎自己的臉、發育中的身體以及身後天藍雲白，偶有黑鳥飛過的晴空倒影。

她和女人們在井邊洗衣時，似懂非懂地聽著鄰家媽媽有一搭沒一搭的閒聊，雖不作聲，女人們的話題也不曾繞過唐家，她們更不會陌視唐幻的存在。

「妳真乖呀，唐幻，才十二歲就可以幫忙做這些家事。背著弟弟洗衣服一定很不舒服吧？」王太太體貼地問。

「是啊，可是也沒辦法，爸不在家只好帶他來。他不喜歡躺，一躺就哭。」唐幻害羞地輕聲回答。

「她不只會把衣服洗得乾淨，」彭太太接著說，「也會生灶煮飯，而且不會把飯燒焦哩。」

「雪子的媽媽有次跟我講，」王太太繼續說，「唐安出生的那個下午，他爸剛好不在家。唐幻不但沒被她媽的陣痛嚇著，還懂得趕快去請她來，也腳快手快燒了一大鍋熱水備用。」

「說的也是。這孩子真懂事，將來誰要她當媳婦，註定一輩子好命……」

唐幻光聽也不插嘴，只使勁地搓衣服，垂得一頭低。

記得那天下午，在她去請日本產婆之前，母親已疼叫了幾次。好不容易請來了雪子的母親在床旁翹等，她獨自一人在灶前燒水，邊添柴火邊思想，為何女人生產得如此受磨？為何她不能保有自己的長髮？又為何母親月潮來時，不許第一個進廟？她曾提出如是的疑問，得到的答案不外是：小孩子不要問那麼多，照著做，乖乖聽話就對。

所有女孩都帶著相同疑問長成少女，所有少女都經過相同犯錯與迷信的煎熬長成也不對自己女兒開解疑問的母親。幾輩子都是這麼過，沒有人知道人生可以有點突破。

父親回來後，喜出望外地看著剛出生的嬰兒，以大手掌搓撫自己的前胸，表達了中年得子，姓氏得以承傳的滿足與欣慰。他輕柔地抱起嬰兒，不經長考地將兒子取安為單名，寄望兒子有平安穩定的一生。女兒雖也得精心調教，將來出嫁了，對唐家也不過虛幻一場，唐幻的名便是基於這麼個單純的信念而來。

瘦小的手臂實在使不出什麼力氣，太陽愈晒愈烈，背上的弟弟愈來愈沉重，唐幻已有些乏。好不容易洗完衣服，便趕著回家把衣服晾在小菜園邊的竹竿上。晒衣竿高過一截，她得站在凳子上才搆得著。除了父親滿是油汙的工作服難洗之外，現在又多加了許多弟弟腥臭的尿布。忙完了衣裳又得準備煮飯。通常是唐幻先將飯煮好，等母親回來炒菜。

唐幻會淘米煮飯已近三年。蹲在灶前以炭柴起火並非易事。起初唐幻被煙薰得淚流乾咳，小臉被煤污畫黑不知幾回，才學會煮好一鍋香熟的米飯。她雖曾經驗過底層焦黑上層未熟的尷尬，母親依舊讓她嘗試，常說，能煮出好吃的飯，才能是被疼惜的好媳婦。多年以後，唐幻不是任何人的媳婦，卻已能燒就一手好米飯。

年過一年，學校與家庭對於知的提供不再能滿足唐幻想要多認識生活的饑渴。她有著重重心思，春的情懷。時光水袖輕輕拂過，催熟紅粉健康的臉頰也催熟為一切美好與邪惡開敞大門的心智。從鄰居從廣播開始她對於無窮世事不盡的挖掘。特別是洗碗盤掃地板時，她總愛聽收音機裏又泣又訴，哀婉動人的情歌：

我君離開千里遠
放我孤單守家門
未吃味睏腳手軟
每日思君心酸酸

時常，她也小聲哼唱沒有結局的愛情故事，沈湎在自己的想像中，不願被打擾。久而久之，似乎可以觸摸到男女之間模糊的一點隱約。住家附近有幾個年齡相仿的小伙子，她卻故意不看一眼。這態度的來處，連自己也不知所以。若是不經意必須或站或坐在一少男旁邊，一股陌生卻又愉悅的感覺便無端升自心底。自從把月潮所用的長布條在窄小黑暗的浴室裏掛起，才發覺生理與心理的改變是這般如影隨形，身體與精神偕同走入一座開滿繽紛花朵，幽深小徑通往不知處的奇異花園。

唐幻將如此種種私存於心，不便與人言。直到幾年後，目睹那兩具燒得焦黑難辨的屍體，才驚歎於男女情愛是如何劇烈無理，更是毫不妥協。

那是個安靜的午後，高亢救火車的急促聲顯得特別刺耳。鳴聲愈來愈近，如同禍事就發生在鄰家。正在縫補衣裳的唐幻耐不住好奇，出了門，方知火警就在隔壁街。她匆匆趕到現場，只見道路兩旁已站滿了人，空氣中飄浮著一股燥熱的焦味。夾縫中，唐幻約略看見一團忙亂的義消與又幫忙又礙事的男人們在高昇旅社附近奔竄。絕大多數的看客只能遠望，靜待火被撲熄。

「真是不幸中的大幸，還好不是在夜裏發生。」

「說的也是，裏面的人應該來得及逃出來。」

「今天吹南風，高昇左邊的房子也被燒了一大半，另一邊的損失可能沒那麼嚴重。」

「要命！好端端的，怎麼會發生這種事。」

「歹運勢啦。命運天註定，只要是天意，跑都跑不掉。」

唐幻聽著人們低聲的交談，一面不自覺地以手掩鼻，空氣裏又多了一股難以辨認的焦臭味。閉口不語如細菌繁殖以極快的速度傳遞，突然間所有人都靜默下來，奇異的緊張氣氛似乎變得具體可觸。在緬緊的氛圍中，沒人敢第一個開口發言。

唐幻看見一個人，不，一個被燒焦的人物體，不，被救火員抬在擔架上的，確實是一個人。這人仰躺，雙手雙腳蜷曲高舉，臉部被燒得只剩輪廓，皮膚與衣服纏黏一起，無法辨認。第二個人較小，側躺，同樣地焦黑，僵硬。啊，多麼慘酷的一幕！人屍如何輾轉成垃圾堆裡缺手斷腳骯髒污黑，任人翻撿踏踢的破布娃娃！看熱鬧的人，有些瞪大了眼，有些別過了臉。唐幻盯著從她眼前經過兩具焦透的屍體，整個人頓時被驚駭與慌亂包裹，失了分寸。

正當她不知所措，一隻強有力的手突然抓住她的膀子，硬把她拖出人圍。原來是父親來把唐幻從失事現場強押回去。

兩天後，專愛探人隱私如同蒼蠅之於蜜糖的吳太太來到家裏，想和母親閒言幾句。

「我看到妳了，唐幻。」吳太太接過唐幻端給她的椅凳，還沒坐穩就已開腔。

「女孩子不應該這麼好奇。」才出口第二句，這饒舌女人便已開始訓話。她瞟了母親一眼又說，「妳真不該讓妳女兒去看那些髒東西，我現在連想都會吐。」吳太太在敘述之前先做了結論。

「妳是說前兩天的那場火？」母親問。

「不是那個，還有什麼？他們這兩個人大概是愛瘋了。哎呀，妳聽我說，事情是這樣的：兩個人都從台中來，也都結過婚，但不是他娶她，她嫁他。姦情暴露以後，兩人就偷跑來台北，在高昇旅社把自己燒了！」吳太太以誇張的表情，喋喋絮絮。

「那怎麼行，」母親接腔，「他們起了火，害別人損失那麼多，還不用負責任，不用受處罰！」

「當然會，他們逃不了的，一定會被罰。等他們下了地獄，絕對繼續被燒，永遠痛苦。」吳太太說得堅定，彷彿自己就是閻王。

這事緊緊盤據唐幻幾天幾夜，她不斷揣摩這兩人如何決定以殘忍手段結束自己生命，如何執著於彼此，以致背叛家庭，離開故鄉，為愛而亡。是他們以死明鑑忠貞的愛情，或是不夠堅強得足以帶著不被允許的愛繼續生活？是他們以火焚身來羞辱自己，懲罰自己的愛，以淨化靈魂，還是他們以明亮炙烈的火焰作為愛的象徵，而引以為榮，而為其死？唐幻是深深被這兩個陌生人感動了！少女的心溫柔自問，有朝一日是否能遇上一個令她錐心款待不計一切的男人？

二次戰前的台灣，有些家庭改用日本姓氏，被視為日本人，也因此而得到較高的社會地位與較多的薪俸。唐慶對政治沒有興趣，幼時的一場怪病使他失聰不能言語，流浪中國各處，最終安定在台灣。他對目前的環境很是滿足，特別是小兒子的出世使他的人生更趨完滿。一個腳踏車修理工是否有日本姓氏，是否懂得日本語根本不在他的思考範圍。中國人保有自己的姓氏，能運用自己的語言絕對錯不了。只要沒有戰爭，日本人、台灣人都可以是鄰居。

那天，唐慶一早就忙得全身熱烘烘。房內收音機一直響著好消息，市長的演說與輕快的日本歌謠交替播放。每個家庭掛出白底紅日的日本國旗，到處洋溢一片歡欣。唐慶剛把一圈割傷的輪胎剝下，看到雪子立在門前微笑鞠躬。他向雪子點點頭，入了內房，不旋踵，唐幻跟了出來。

「我想，這個時候妳一定在家。」雪子興奮和顏地對唐幻說。她穿了一襲極為美麗的傳統和服，唐幻內心讚歎得幾乎沒聽見雪子的說話。

「我的朋友都在我家等著慶祝。我也可以請妳來嗎？」

唐幻雖曾受邀去過雪子家無數次卻從不久留，實在是母親不允許。「因為我們家窮」，是一貫的理由。

「我們的軍隊又佔領了中國一個大城，不論在日本母土或在台灣，大家都開心地慶祝，妳也來吧。」

唐幻沾染了雪子的歡喜，她欣然前往。

她們一來到「別墅」的前庭便聽到二樓傳來隱約的歌聲。雪子領著唐幻盈款上樓，一踏入房裡，另兩個日本少女便迎了上來，等不及打完招呼，她們就已翩翩起舞，唐幻和雪子也輕和著擊掌歡歌。四名年輕女子優雅地笑鬧在日本戰勝中國的喜悅裏。

「來吧，唐幻，妳也要和我們一道喝杯酒，妳不再是小孩子了。」雪子激勵著，立即為唐幻斟上一小杯清酒。

酒精極為麻辣，嗆得唐幻又咳又流淚。大她四歲的雪子像呵護小妹般地輕拍唐幻的背並為自己的鹵莽致歉。恢復過來的唐幻環視整齊乾淨雪子的閨房，聽著別人的歡笑，或許是她天生的敏銳多感，也或許是血緣幽靈作祟，一剎間，她忽然意識到，自己正與殺害她父母的同胞，血染她父母故鄉的敵人同歡慶勝！這一突來的思想，震得她非同小可。她可是共犯？又是在何時以何種方式成就共謀？被迫還是自願？雪子美麗的和服是裹上糖衣的劇毒，歡笑可是槍彈聲的變調？她也應該同情中國人的顛沛？生長在台灣又接受日本教育的她應當如何承擔「敵人」的苦難？

唐幻後悔加入這場令她矛盾萬分的聚會，卻也躊躇著不肯回家。此刻此地正充塞令人流連的快樂、溫馨與友愛。少女唐幻的理智仍難以超越勝利同慶的喜悅。

慶祝已遠，內心的矛盾已結，唯有雪子的和服仍在唐幻的腦海翻騰。女為悅己者容，唐幻為悅己而容。她又蓄了長髮。每天早晨她站在斑剝的鏡子前，熟練地編織髮辮，並將尾端折起與辮子開始處聯結，如此她就同時擁有辮子與短髮。母親不明白為何辮子對唐幻如此重要，卻也注意到，每當唐幻洗完髮後原地打轉，將乾未乾的頭髮順圈拋出時所得到的喜悅。多年來唐幻一直玩著這個她獨有的遊戲，喜歡循著自己的軸線撐開雙手快速轉動。每當抬頭看藍天，又迅速低頭看自己的木屐，整個身體便產生一種奇妙的感覺，一旁的小菜園與竹竿上飄舞的衣服也旋旋晃晃變得模糊而不真實。特別是夏日午後，柏油路被蒸出了熱氣，知了在樹上長鳴時，她總愛把自己轉得又快又急。被樹葉篩過的陽光與因轉動所產生的微風，讓她享有一股清涼。在那物貧的年代，唐幻沒有美麗的衣裳沒有可人的娃娃，可是她有藍色的天黃色的地更有她黑色的長髮。

其實唐幻也並不時常想著雪子的和服，因為不敢，因為她是窮人家的女兒。窮人只能樸素思考，樸素說話，樸素舉動，才不致心猿意馬，失控自己。樸素是美德，唐幻深深懂得。她無法擁有一襲絲質和服，卻有資格因著一件樸素的新衣而歡欣。那天母親在市場上為她買了件洋裝，是許久以來的第一次。此前，她穿著改自母親或鄰居女眷們的衣服已有多年。

那是件白底綴著藍色小花的洋裝，圓領及領口的小蝴蝶結是同一色的藍。如同是場嚴肅的儀典，唐幻先洗淨了自己才鑽進柔和的洋裝裏，左右旋轉，看著裙擺如何微微張起，並設想穿了這件新衣的自己，會招來多少讚嘆的眼光。唐幻特地將所有鈕扣更結實縫過，算是對洋裝的誓約，會永遠將它珍惜。

物貧的年代，人人保守著過日子，不但出不得風頭，就連多那麼一兩點鮮艷色彩，也都要蝶引出一番涼嗖嗖的巷弄閒話。唐幻的好，偏偏就特別會招惹女人家的風評。

「現在妳要多注意妳女兒，」自認是萬事通的吳太太毫不婉轉地衝著唐幻的母親直說，「她如果穿上這件洋裝到外面去招搖，一定會被那些小伙子盯上。」

這吳太太時不時穿過侷促窄小園子的矮柵欄直入唐家廚房，說是要借兩枝蔥三顆蒜的，卻一聊就忘了在她灶上的煮食，直到聞著了焦味才匆匆忙往回走。

「妳一定要相信我。她的眼睛會說話呢！這種眼睛註定要招禍。天公忌妒漂亮的女人，妳沒聽過嗎？她們的命比紙還薄。妳要多注意妳女兒，我都是講真的，可惜沒有人愛聽。」

不是饒舌的女人懂得人生，而是饒舌女人喜歡戲看人生。戲看多了便知道如何編織劇情，當然也包括結局。吳太太如此毫不遮攔地預言唐幻的薄紙未來，她是說對了，唐幻的一生如同風雨中傾搖的一片孤葉，巍巍顫顫，不知飄落何方。

CHAPTER • 3

台北 1945

唐慶頓首跺足擊掌拍案急欲把自己的意思表達清楚，唐幻在內房聽到異常的聲響，以為父親又和顧客發生爭執，連忙出來看明白。

與聾啞的唐慶交談並不容易，明知顧客得罪不起，被誤會了的唐山男子只要一發起性子，便也顧不得要給自己的生意留個餘地。唐幻這下趕著要解圍，卻看見兩個男人用盡各種表情手勢，在粗紙上寫下他們有限的字彙，藉以表達要說的一切。

「日本人開自殺飛機撞美國船。」李先生的訊息清楚而明確。

父親皺著眉頭，不解地望著李先生。

「連人帶機，像個大炸彈直向美國船衝去。」李先生激動地比劃著。

「一個飛行員加上一架飛機去撞一艘船，代價太高。」

父親在心裏掂了掂，快速在紙上寫著。

「現在日本一定卡在生死關頭，才會不顧一切，能殺幾個算幾個，能贏多少算多少。」

李先生對自己的判斷充滿自信。

「是啊，是啊，現在他們特別危險，像掉在陷阱裏的獅子。」

「你也知道他們怎麼收刮我們。鋼、木、鐵、食物、布料等等，能拿的全拿了。在鄉下，窮得吃蕃薯配鹽！」

「我知道，那些人真可憐。」父親搖頭又嘆氣。

他想起一個住台北近郊的老朋友長期營養不足，有時寄點錢去接濟。他自己也不富，杯水車薪，其實幫不上什麼忙。

「在中國，在南洋，現在又跟美國幹上了，哪有那麼厲害，十個日本都不夠打。實在倒楣，連我們也挨炸，就因為我們是日本的補給站，而我那老人也生死未卜……」

「戰爭拖不久的，你兒子也快回來了。」父親趁機安慰李先生。

唐幻靜聽一旁，驚訝於自殺飛機的行動。李先生走後，她幫父親理了理工具，才又回忙自己的活兒。一整天縈繞著她的是飛機撞船剎那，飛行員腦海裡的流轉。眼前的一切被爆破摧毀，耳膜被巨響震裂的片刻，是什麼樣一種對知覺的凌遲？他們是自願赴死，還是被迫與家裏道別？自願赴死的，是否算計出自決行動能獲得幾多代價？被迫赴死的，是否接受了老天願意提供多少補償？如此瘋狂行為令唐幻極為不安。局勢的變化不但打擾了她，整個社會也被不定感所籠罩。台灣的命運並不操在台灣人手裏，殖民者的興衰勝敗直接影響島民的生活。人人都等待一個巨大的轉變，雖不明白轉變將把他們帶向何方。

困獸般痛苦喘息的日本，終於被美國的兩顆原子彈代為做一了斷。傲慢地到處引發戰端的太陽帝國，初次體驗國土變焦、櫻花枯萎的慘烈。她殖民五十年小島上百姓的翹首，畢竟有了正面的回應。

唐幻在台北過著尋常的日子，歷史卻為她籌計了變動的未來。

「等等，唐幻，等等。」

那天正當唐幻要去井邊洗衣，阿玲邊喘邊叫，向著唐幻急急跋來。

「收音機，妳今天沒聽廣播嗎？日本打敗仗了，日本戰輸了，日本投降了。」阿玲一口氣直說到底。

唐幻睜大眼睛，緊握阿玲的雙手，激動地對阿玲說：「真的，妳沒聽錯吧？不，不，妳不可能聽錯，這麼大的事情。妳哥哥，妳哥哥就要回來了！」

這對好友喜極而泣，邊拭淚，邊搶著說話。

唐慶對殖民主即將戰敗的推斷無誤，沒料到情勢會如此迅速急轉直下，日本無條件投降的消息立即傳遍全台，短時間裏，街頭巷尾已有此起彼落的喧鬧聲。

殖民者戰敗，被殖民者出頭的態勢，如同出閘的洪水，一洩千里不可扼止。躁躍歡騰鑼鼓喧譁，島嶼上的弱勢小民終於可以大聲談話粗野笑罵，原本棄置在床下櫃上蒙塵已久的燈籠結彩，終於有了展示古舊情懷的機會。有些台灣人拿出年節用的鞭炮，點燃後往日本行人身上丟，原是挺胸抬頭的傲慢雄獅一夕間成了抱頭縮耳的灰賤毛驢，惹得原被欺壓的台灣百姓幸災樂禍笑在一旁。

一場戰爭改變多少人的命運，趾高氣昂與低聲下氣交換了社會地位，興榮與衰敗的更迭，相互推擠在半世紀裡無瑕地完成。不多日，殖民者的身影在小島的街上幾乎匿跡。

而雪子呢？

唐幻第一次沒受到雪子本人的邀請進入「別墅」。前庭大樹上掛滿濃密綠葉，往常夏日樹蔭的清涼特別增加別墅的吸引力，走熱了的行人，總愛在圍牆外蔭影下駐足片刻，稍歇喘息。老樹不識愁，這年，大片葉子依然兀自茂密濃綠，人間卻有了不同以往的轉折。

日前雪子的產婆媽媽突然造訪，說是雪子遭受重大打擊近乎崩潰，盼唐幻能抽空相陪。唐幻帶著忐忑的心前往，整幢堅實的二樓建築呈現不尋常的一片死寂。

上了樓，她小心翼翼拉開紙門，只見雪子躺在塌塌米上，哭腫的雙眼直視空洞的天花板，不想知道誰進了房。唐幻跪坐她身旁，也不移動也不做聲，只是安靜陪伴。

「記得嗎，」過了良久雪子才似乎回過神來，「我們曾在這房裏慶祝過皇軍的勝利，現在這間勝利之屋已褪變成漆黑的墳場，我們是徹底失敗了，唐幻。」雪子勉力牽動嘴角幽幽地說。

唐幻陪著日本女友靜靜流淚，共同祭悼日本的戰敗。她感同身受雪子巨大的悲戚，知道任何言語都是多餘，也明白要想使這位不讓鬚眉的巾幗女子恢復以往，難上加難，只是沒料到這會是場沈靜的訣別。唐幻直等到雪子睡去，才緩緩下樓。

唐幻陰鬱地離開雪子的家，踏出庭院之前，似乎瞥見大樹葉子在盛夏裏有了些許枯萎。就在此時，她突然不經意地想起阿玲。她不是才和阿玲同流歡喜之淚？和雪子的同泣又該作何道理？流淚該如何定義與規範？難道不應是伴隨人心的哀戚與銘感？為何同一事件，從不同的角度審視，卻導致相同的結果？唐幻不明白自己內心的觸動是因著日本戰敗抑或台灣光復？她自己是台灣人還是日本人？這場巨變之於她是幸？是不幸？

台灣自認為是政治孤兒，在日本殖民之下渡過多少不平等待遇的日子。好不容易五十年後找回生母，便等不及回歸母親的懷抱。日本的無條件投降使得台灣政權一夕之間得以歸還，給誰？中國官員抵台之前，這太平洋邊的蕞爾小島處在無政府狀況下，竟然不曾發生暴動，刑案也微乎其微。人人展現最好的一面，急切準備自己以擁抱祖國，好讓久違了的母親歡欣孩兒的不曾學壞。

社會秩序由各單位自組小隊維持，年輕學生活躍於這段政治空檔，彩排自治，以證明台灣人的守規有禮。教授抱怨課堂的無序與學生的不專心，日本學生擔憂自己的未來，極少數能就讀高等學府的台灣學生則嘯傲於這場巨變。

藍明便是希望能一展抱負長才學生中的一名，他和其他友人四處奔走積極投入，以期能讓將爆未爆的興奮情緒找到出路，並在這歷史上重要時刻為自己生命鑿下一道深刻痕跡。

九月初，月曆上的秋日雖已來臨，氣候仍舊溼熱。藍明和楊克立利用工作空檔，夜半躺在草地上休息。月皎潔發亮，星星繁衍得更多，四周一片祥和寧靜。不遠處的一棵榕樹下孤站著一口井，煞似母雞張開羽翼保護牠的幼雛，令藍明憶起幼時在祖父母家荔枝樹下的嬉戲。一週年節，叔伯姑嫂及一干堂兄弟姊妹更是齊聚鄉下老家，熱鬧非凡。

老家地大，人數雖多，卻都能各得其所。男孩們在溪邊比賽誰能以竹箕撈獲最多魚蝦。天涼時，總要等到被罵，被以生病不給看醫生為威脅，才悻悻然跟著大人回家。女孩子以白鐵鉛筆刀將葉子花瓣切碎裝進缺角碗裏，折斷小樹枝當筷子，專找極小的石子當飯粒，把備齊的一切倒在木瓜葉上「烹煮」起來。頑皮的男生把小蚯蚓藏在「飯」裏驚嚇小女生的重頭戲，當然也從不缺席。

不同季節催熟不同水果，男生上樹摘採，女生以大籃子撿收的合作分工，讓大人有不勞而獲的愉悅。大伙兒坐下吃飽鮮採的果子，還有餘下便各自帶回。親戚們雖散住台灣南部，彼此也距離不遠，哪家有了難題，相互走動照應，也是常有的事。

南台灣的港都是藍明的故鄉，日本將其建設成軍事南侵的據點。棋盤似的寬廣街道有著唐朝長安城的格局，大街兩旁的行道樹在南風裏泰然搖曳。藍明就讀的中學裏植有許多椰樹，他忒愛雨中椰，孤獨正直又落拓不羈。

進了醫學院的藍明依舊不改中學時代的叛逆與傲慢。不論在任何場合，他永遠是個冷漠靜觀的異議份子。他的思考敏捷行動快速，也深具組織動員的能力，和一干朋友輪流夜巡便是出自他的主意。目標是，在他們巡邏時間及所負責的轄區內，不發生任何意外。

兩三小時的來回走動令人生乏，楊克立提議在草地上稍作休息。在深夜的一潭靜謐中，藍明突然爆笑起來。

「嘿，笑什麼，嚇我一跳。」

躺在一旁的楊克立已睏，朦朧中被藍明的笑聲打擾，卻也不好過度爭抗。

「我想到中學時的日本老師。」

「怎麼了，有什麼好笑的？」

「有一次，我從教室裏看到他在大雨中騎車，全身溼透，頭髮溼貼在前額，就像椰子樹的葉子，他還沒來得及擦乾就匆匆來上課。沒多久我就覺得無聊，便開始在筆記上亂畫。我記得他縮頭縮腦騎車的樣子，就畫了隻雨中騎車的烏龜，前額上的頭髮剛好跟路邊的椰子相映成趣。」

藍明邊說邊比劃，楊克立卻聽不出所以然。

「然後呢？」

「然後就是老把戲，我又被逮了。老師氣得喘噓噓，我卻要強忍著不笑，還真不容易。」

「後來？」

「沒什麼新鮮的，我又被罰站在教室後面。」

「常被罰站？」

「不對，我較常去校長辦公室。」

這回該楊克立笑了。

「說真的，那時還很擔心上不了大學，因為我曾經搞得人仰馬翻。現在想想實在不值得。」

一時藍明收斂起笑容，聲音立即變得嚴肅。

「說說看。」

「我二叔有貨船常往返上海，幾乎每次都會帶些好書給我。有一次我在課堂上看本他給我有關一九一九年五月四日在北京的一場學生運動，結果被逮了。日本老師命我站起來，用盡所有的髒話罵我。一氣之下，我把書往他身上丟，並且大聲問他，為什麼中國人不能看中國書。」

「這次你又必須去見校長？」

「不只是我，連我爸也被請了去。」

「為什麼，他們打算小題大做？」

「校方組織一個臨時委員會，專門處理我的問題。」

「所以你被踢出去了？」

「才不。因為我一向都太好了，他們擔不起少掉我這個學生。哈！」藍明說得又大聲又驕傲，雙腳在空中踢了一踢。「不過，後來我不得不乖一些。」

「真的變乖了？」楊克立懷疑地問。

「沒辦法。不是怕學校，而是因為我爸。他警告說，要不就好好唸書，要不就結婚，在他工廠裏做事。」

「也不錯嘛。對女人沒興趣？」

「她們看起來都一樣，沒腦筋。」藍明如是批評又繼續說，「就因為中學時的那次警告，我完全不確定是否能上得了大學。現在我終於在這裏，不用去工廠，不會被羈絆。人生太美妙了。我要當醫生，我要成為很好的，偉大的醫生。」藍明衝著天空叫。

長久以來，藍明就想離家獨自生活，他厭煩極了家裏的吵鬧不休，意欲擺脫大家庭中紛雜的人際關係。能不受限傳統思想的束縛而擁有自己的生活，有如吹入煙室裏的一股清風，藍明要得又急又切。北上求學不但他自己受惠，連父親也如釋重負，以為從此藍明便可以不再受他二叔的影響，對政治太過投入。

「我們該上工了，這一區再巡邏一次。我打賭，我們連隻貓也碰不到。」楊克立邊說邊起身。

「沒錯，我們要讓日本人看看，台灣人也能自治自理，他們不見得比我們優秀。」

兩個年輕人對未來充滿希望，深信一切將愈來愈好，一個嶄新的台灣正逐漸在形成。

這是個特別的日子，唐幻特地穿上那件有著小藍花的洋裝，仔細梳理髮辮。日本規矩已不再適用，現在她又可以擁有自然的長髮。

「唐安呢？」母親問。她理完園子，正打算洗手更衣。

「不曉得。他剛在這兒，趴在地上打橡皮圈兒。」

唐幻剛好編完最後一節，拉拉兩邊尾端，辮子長短一致。

「可能在廟口兒，快去找找免得遲了。」母親催促著。

唐慶把工具收回箱裏，這個時候不會有人上門，大家忙著往大街上走，修車的事可以緩一緩。

唐幻加緊腳步，走到廟口便看見唐安和幾個男孩在大庭上玩耍。不知何時前庭站滿了大圓桌，桌上擺著插有裊裊香支的吃食，孩子們就在桌下鑽進鑽出。大人們換穿了節慶的衣服，人來人往，整個廟庭喜氣洋洋。

歡慶的日子裏，人們不會忘了要謝神。

「不要再玩了，你得趕快回家洗乾淨換衣服。」

唐幻好不容易在供桌下抓住弟弟的膀子，下命令地說。

「為什麼？」唐安不解地問。「為什麼今天的廟這麼好看，我也要換衣服。我們慶祝新年嗎？可是天還熱著呢，妳看我都流汗了。」

唐安熱得漲紅了臉，還給唐幻看他額上的汗。

唐家到達時，大街兩旁已站滿了人，各級學校與機關組織也都派了代表高舉歡迎布條。唐家好不容易找著適當的觀看位置，只希望唐安能安靜點，別在人群裡遺失了。時間一分一秒過去，純屬台灣人的日子，人們更願意耐心等候。

他們終於來了！中國軍隊乘船登陸台灣島，曾被殖民的島民終於有機會迎接勇敢抗日八年的國軍。慶迎祖國的心充塞著驕傲與歡欣，擊掌歡呼聲徹響得又遠又長。這時的台灣人，激動而喧鬧，當然無感於不久的未來所要遭遇的橫逆，即便是再有遠見的先知也無法預料，赤裸血腥的權力鬥爭竟是專為吞噬小民對美好生活的殷殷期盼而存在。

藍明和友人在這特別的日子裡，自然不會置身事外，他們和其他學生擠在人群中觀看中國兵。

「等等，不太對勁。」藍明困惑地說，「日本軍看起來一付不可侵犯的樣子，配備整齊乾淨，怎麼這些中國兵卻是……」

「還能要求什麼？八年，他們打了八年的仗，不是八個月。」

「沒錯，可是就憑這副裝備，怎麼贏得了？」

藍明又有了疑問。這個好發問的年輕人有時就為了找出解答，花下過大代價也在所不惜。

這些「英勇的軍人」腳著草鞋，帶有鍋子，每個人還都背著把傘，和日軍相較，根本不是支軍隊。藍明在沸騰的氣氛下冷靜思慮片刻，突然明白，沒有美軍的介入，中國恐怕贏不了，這場戰爭也不可能現在就結束。

不是只有藍明質疑眼前行經的是正規軍還是土匪幫，圍觀者莫不心裡納悶，只是不敢放膽嚴苛祖國的軍隊。

「雨傘兵，雨傘兵，雨傘兵……」

突然一個小孩童稚無忌大喊，單刀直入，嚷出大家疑惑的象徵。藍明覺得有趣，尋聲找去。在他右前方對街有名年輕少女正試圖掩住身旁小男孩的口，小孩興奮地又跳又喊力圖掙脫。

這名女子！是什麼樣的一種存在！藍明驚訝地忘了對點出癥結雨傘兵一詞的讚許，視線無法從少女身上轉移。她有著長及腰的麻花辮以及令人一見便無法忘懷的秀麗。中國兵不斷從眼前晃蕩經過，他卻間間或或只看到對街的女子。她的眼，她的唇，她的蹙眉，無一不美，無一不深印在從不多看女人一眼藍明的腦海裏。這是個溫柔的侵犯，是個多情的挑釁，他清楚知道，眼前這名女子必定會長趨無阻強佔他的心思好長一段時間。能夠盡情觀察而不被對方發覺是藍明的第一次不光明正大，這暗地裡的自我背叛又是如何令他心驚而滿懷甜楚！

殖民時代一結束，交通便從靠左行駛恢復右行。在人們適應新規則的這段時候，為數不少的小車禍相繼出現，理智與習慣的差距讓人在遲疑的片刻發生碰撞。秩序混亂的日子裡，唐慶的修車生意特別興隆，小唐安也拿鑽子遞螺絲興沖沖地幫助父親，樂於瞎忙，唐幻卻因此要多洗幾次弟弟的髒黑手。

由於父母親都工作，家事的大部份必須由唐幻料理。鳥大離巢，美麗的畫眉羽翼已豐，切盼能展翅翔親探世界。找工作雖勢在必行，無奈父母親都只是簡單小民，人面更是不廣，靠唐幻自找，怕也不是那麼容易。生存不僅是吃飯穿衣，她當然懂得，只是苦無機會。

零亂的步伐加上疲乏不振的神情，中國兵雖是讓人有些許失望，台灣卻已準備好與中國共理政局。藍明與其友人也躍躍欲試，對於未來充滿無邪的希望。他們各自埋首用功，就待課業完成，便可大顯身手。

藍明和楊克立在大學新生時認識，雖是不同系所，性情相投話題相近，很快便成了義結好友。他們合租一屋共處一室，彼此有個照應。

「你知道這附近有腳踏車店嗎？」

藍明進門劈頭就問，看樣子是剛從學校回來。

「在哪裏發生的？」

楊克立沒直接回答，從書架上取下字典又坐了回去。

「就在實驗室旁邊。那傢伙撞了我就跑了。」

「我們巡邏時，好像看到，如果我沒記錯的話，大概在那口井斜對面，有家叫大發或什麼的修理店。」

楊克立忙著翻看他那本農業大字典，頭也不抬地說，而藍明也早已跨出房門，急著去修車。

天氣轉涼，一街子的行人都穿起了外套。藍明推著車往北走四條街，不多久水井在望，井邊只有兩名婦女一起一落使勁搓著衣裳。斜對面的確有家店，門前停放三兩輛待修的腳踏車，店裡卻沒人。

「有人在嗎？」藍明大聲朝裏問。

唐幻正給被菜櫥細腳站得殷實的四個小凹碟添加清水。這幾日似乎是變了天的關係，那些來處不明的纖纖小蟻又開始成群循著櫥腳往上爬。櫥子的小紗門自是擋不住它們無息又緊密對食物的侵犯，加了水的凹碟便是小螞蟻的大河，是菜櫥的天然屏障。唐幻以手指當橋，把已上了櫥正奮力上行的小生物送回地面，聽見有人登門，連忙出來。

藍明一見唐幻驚訝得非同小可，頓時啞口失神。那是有著長辮，觀看遊行時站在對街，個把月來狠狠折騰他內裡的年輕女子！

「你的車壞了嗎？」

唐幻見來人不說話，只得開口發問。

突然出現的唐幻是藍明記憶中人的對外彈跳，腦海裡的少女原是如同隔著一層薄紗般真實卻不可及。當這份巧遇將隔紗退去，想像翻飛成事實，剎那間的尖銳與觸目令藍明興奮得不敢立即承認他的記憶曾經那麼鮮活運作！

「你可以把車放這裡，我爸補貨去了，很快回來。」

唐幻有禮地說著，卻覺得這年輕人很是怪異，只盯著她瞧也不表明來意。唐幻被看窘了，怯怯地說：

「請問，你要修車還是來找我爸爸？」

「我以為，我以為再也看不到妳了。」

藍明緊盯唐幻，矇矇自語。

「你說什麼？」

唐幻微微一蹙，心想，自己一定聽錯了。

「回來了，回來了，我們回來了。」

唐安邊跑邊喊。看到門口有客更是三步併成兩步，一路喘到人前，「你的腳踏車有問題嗎？」

唐安的出現將藍明從他的過度專注裏喊醒，也替唐幻解除了尷尬。藍明收拾起他對修車的心不在焉，禮貌地告訴唐慶腳踏車出了什麼問題，並約好來取回的時間。

回到住處，進了房，藍明將自己丟上床，靜靜躺著，雙眼卻掩不住內心的騰攪。

「腳踏車修好了嗎？」

楊克立見藍明有著明顯的不安，故意旁敲側擊急話緩說。

「兩個鐘頭以後我會再看到她。」藍明興奮地說。

「我在跟你談腳踏車的事。」

「看到她了，我又看到她了。她不但跟我說話也對我微笑。」

「嘿，你瘋了？」

「是啊，我瘋了！」藍明大聲歡呼，以枕蓋臉。「我瘋了，我瘋了。我找到她了，找到了。她看起來那麼纖細善感，跟店裡的一片雜亂比起來更顯得她純潔無暇，好像池塘裏的蓮花，長於汙泥卻完全不受污染。」

「什麼時候變成詩人了，也不通知一聲，一點徵兆都沒有。」

「現在突然是，而且以後一直都是。」

藍明得意地瞟了室友一眼。

「不是對沒腦筋的女人沒興趣嗎？」

楊克立難得挖苦他一回。

「我承認，我在幾分鐘內就背叛了自己。」

藍明心甘情願在楊克立面前下不了台。

「介紹一下，到底是誰有能耐讓你出賣自己。」

「不行，她只屬於我！」

藍明斬釘截鐵拒絕楊克立試探性的要求。

「你還真能誇口，交代一下情節如何？首先，她的姓名。」

楊克立的問題將在天空翱翔的藍明一把拉回。他如何能因著一個陌生女子在極短時間內改變對女人的態度，卻連她的姓名都不知曉！第一次，他苦惱如何跟人接近建立關係；第一次，他意識到除了學校、書本、社會以及紛爭不斷大家庭的糾葛之外，尚有許多他不熟悉的人間事。唐幻的出現領他進入一個嶄新的，令人興奮期待，恨不得能立即全盤窺探的世界。

一切都依著必須要發生或不得不遵從的軌道行進，自然的興衰交替與人生的悲歡輪迴巧妙呼應。在顛簸的年代，唐幻也必得要經驗生命中乖舛無解的一面，無法遁逃。

那天早上雪子的母親突然出現在唐家門口，她強忍抽泣，不肯進門，只交給唐幻一個布包，也不給發問的機會便匆匆離去。唐幻不明究理解開布包，赫然看見雪子美麗的和服及一封信。她想著生病的雪子感到一絲不祥，急急打開信封。

唐幻妹妹：

可以如此稱呼妳嗎？當妳看到這信時，我已永遠離開。

我們在此地住了十二年，也認識妳十二年。台灣是我的第二故鄉，我喜歡這裡勤奮的人們，喜歡這個終年常綠的小島，只是，現在我不得不忍痛離開。

當初父親決定到台北來教書時，我興奮得兩天沒睡好，對即將在那裡生活的陌生小島有著許許多多後來印證為不切實際的想像。我們忙著整理行囊，和親友道別，日子飛快地過去。不久之後一切就緒，接下來就是令人又期待又緊張的航行。

在海上途中，很多人暈船得厲害，我卻享受著湛藍的大海與無垠的穹蒼。海風不止息地吹拂我的頭髮，皮膚也曬黑得令我無比驕傲，對新事物的嚮往與期待竟淹沒了告別故鄉舊友的離愁。

我們初識時，妳才只有六歲，好奇地看著忙於搬運行李的新鄰居。妳的兩條又粗又黑的髮辮引起我的注意，我牽著妳在我們新家到處走動。妳張大黑得出奇的雙眼無處不鑽望，也似乎對樓梯特別有興趣，上上下下不知幾凡直到妳的雙腳又酸又累。呵，唐幻，當時我是多麼高興有妳這個小妹妹作伴，消除不少我對陌生環境的些許惶恐。

現在我的心很苦也感到很累，可是一想起那段快樂的童年，我就有新的力量來完成這封信。請原諒我不得不與妳道別，我愛我的父母，我的朋友，更是捨不得妳，因此我要試著讓妳明白我內心的感受。

自從日本戰敗，我便羞愧得無法再生活下去，活得越久，我的羞愧感越是強烈。父親打算結束這裡的一切返回日本。我怎麼能，我怎能目睹一個我一向引以為豪卻無條件投降的日本！妳聽過這個故事嗎？曾經有個日本少女在林中踽踽而行，她讚歎大自然的純美，卻哀痛青春的易逝，於是她跳崖自盡，以死來保全自己的青春與美好。勇氣，唐幻，永保青春需要無邊的勇氣。

妳知道櫻花吧。時節一到，櫻花是成千成百地同時盛開，美得令人無法厭看。櫻花是在最美最艷時掉落，不許人們見到它的凋零。我卻連一朵櫻花都不如，我應該在慶祝皇軍勝利時就結束自己的生命，如此我才能有不被痛苦箝制的靈魂。我全心全意要求妳能了解日本投降對我的衝擊，我已沒有能力再歡笑，唐幻，我再也不能。日本帝國沈淪，我的生命也應該與她一同絕滅。

妳所喜愛的和服請當成告別的禮物收下，每當妳看到它時便會想起我。再會了唐幻，或許我們將在某時某地再度重逢。

雪子

唐幻閱畢好友的訣別信，猛趴在微閃絲綢光暈的和服上痛哭失聲。她懂得雪子，只是不明白為何唯獨透過死亡方能成全青春美麗與完美無瑕。

母親對於雪子的作為並不以為然，認為只要父母仍在，雪子的尋短便是無上罪過。白髮送黑髮的劇慟何堪！雪子所留給父母的悲愴必須由她自己負責承擔，她的棺木應被杖擊三次，以示懲罰。

第二天唐幻造訪雪子的父母。失去雪子的別墅在冷風裡尤其蕭瑟，她的父母見著女兒生前的好友，更加深原有的哀痛。

「她在夜裡把自己吊在前庭的大樹上。」

雪子的母親淚眼婆娑哽咽敘述。

「骨灰我們帶回日本，不會再回來。」

雪子的父親憔悴乾澀不成人形。

唐幻極其難過，漠然陪坐這對失神的父母，憶起母親曾說過的一個故事：

一個牧童天天趕羊上山吃草，他對寡母親自送來的午飯從不滿意，不是嫌飯菜已涼，就是份量不夠。母親每天戰戰兢兢照料他的飲食，還得時時面對他反覆無常的情緒。

一天如常，牧童看見跪地喝奶的小羊，卻突然感悟，他對母親粗鄙無禮的態度，竟不比一隻跪地求奶的羔羊！他靜待母親再度上山，以便表達愧疚之意。不多時，母親果然出現，遠遠走來，他歡喜地向前奔去。母親見狀，以為自己送飯太遲，引起孩子震怒，立即轉身逃跑，躍入河中。牧童趕至河邊，不見母親，便潛入河裡尋找。一天兩天均無所獲，第三天在河底撿得一段枯木，牧童以其為母親屍首，帶回供奉，日日焚香苦懺，枯木終於滲水回應，牧童以此為母親慈淚，痛悔不已。

幼時，唐幻曾深信這個故事，大為感動，及長便不願再被無稽哄騙。現在她倒希望這是個真實故事，如此雪子才不須單獨承擔傷害父母的不孝之名。

唐幻陪伴雪子的父母良久，不發一語，知道任何安慰言辭將只徒增他們的喪女之痛。三人靜坐，默默流淚。

舊曆年過後氣候逐漸轉暖，自然界從冬的休憩裡甦醒，人們也跟著活潑生動起來。這年的春天尤其特別，唐幻的心情如同等不及開放的花朵。如果氣氛可以上彩，唐幻的情感已不像年前因憂傷雪子的離世而陰霾灰沈，傷逝的情緒正逐漸由羞怯與喜悅調織的鵝黃色彩所取代。這樣的轉變既陌生又清新，使得她愛沈思苦想更加安靜。

四個沒睡好的夜晚以及對環境過度敏銳善感，全起因於她口袋裡藏著的一張令她臉酣耳熱心脈加快的紙條。好幾次，她偷偷拿出仔細展讀又小心收回。紙條上的每一筆畫已被看得熟稔如已出，那些陽剛字體招惹她心神不寧而反覆背誦：我可以週六下午四點，在道明街的第四根電桿和妳見面嗎？

紙條由唐安帶回。他先是在門口大喊姊姊，唐幻出來時，他揚了揚手中的紙條，並指著一名在對街立於腳踏車旁的青年。那人露齒微笑瞇眼對陽，額前的一小綹短髮在微風裡飛顫。

唐幻識得這男子。自從他在店裡出現，便經常見他騎車經過，有一次是跟阿玲在雜貨店前談話，有一次是在陪母親看醫生的路上，有一次是去鄰家把唐安拖回，有一次是當她把修車後盆子裡的髒水往外潑，還有一次是她在早晨打開自己房間的窗戶，無意間瞧見他正立於大榕樹下朝她望，才知道，他在更早的清晨便已久候她多時。

這人出現的頻率增加，似乎突然住到這附近來。他總是一身白衣黑褲，以有話要說的眼神直盯著唐幻。一開始唐幻感到些許不自在，卻拒絕理會，不敢面對自己的心思，逐漸地，她竟無來由盼望這名男子意外的出現。如此歡喜被探視被關注卻又擾亂生活的等待，使她變得情緒急躁漫不經心。

雖是不曾說過話的兩個年輕人，卻在日常生活中，在別人沒發覺，自己也不甚明白的情況下滋長著對彼此的情愫。青春為何？青春有著自己的語言，自己的律法，掌管一個他人不同意或不設法了解便無法進入的王國。唐幻與藍明完全被青春攫獲，完全被人類動情激素所淹沒，正企圖完成宇宙所賦予配對的使命。

於是，事情便發生了。

藍明等著。他選了一條車不多的長街做為見面地點。頗緊張。五分鐘，二十分鐘過去，她尚未出現。藍明無法想像一個接到約會字條的年輕女子會如何看待這事。要求見面的他是否顯得過於輕浮？她是來？是不來？其實他們彼此並不相熟，唯一確定的是，在她家附近轉騎而見到她時，她的確數次與他有四目交遇的時候。她應該認得他。

四十分鐘，一個小時過去，她仍未出現。病了嗎？父母不許她出門？還是獨站街頭覺得難堪而不願赴約？他在紙上寫得夠清楚不至引起誤會？藍明自做種種假設心情起伏不寧。兩個小時的等待落空，他頭垂腳沈失望已極，在黃昏裡推著腳踏車緩步回家。

唐幻的確準時來到第四電桿下。必須離家和陌生男子約見，自然在父母面前成不得理由，唐幻心裡清楚，只是苦於找不到其他適當託辭。平時生活圈狹小得任何人均能輕易掌握她的行止，沒料到，想要沒理由地突然片刻離家會是個難題。

她單獨前往，訝異於自己毫不猶疑接受這名男子的邀約。是她認識的自己出了變卦，還是她不認識的自己原本就大膽莽撞？唐幻縮藏在電桿後，明知仍會被人看見，總比大剌剌地霸站在街頭妥當。幾個行人以疑惑眼神看著焦急又緊張，獨自等候著的女子。她心跳得厲害，想到即將和那位臉上總是揚起微微笑意一派俊雅的男子見面，便有著無邊的興奮與羞怯。其實他並不陌生，她已見過他幾回，不久就要聽到他的聲音。他會有什麼話語？約見的理由何在？今天過後的明天會發生什麼？唐幻獨自設想無數個問題，一逕心慌。

等待的時間總是漫長，一分鐘又一分鐘，他仍舊不來。緊張加速由正面滑向負面情緒變遷的過程，僅僅二十分鐘便足以讓人從興奮、失望以致惱怒，對自己的惱怒！好生難過的唐幻自覺被欺被騙，羞愧於只因著一個溫煦的微笑便可以對一張紙條深信不疑。

黃昏。一天的學習告一段落，青年學子紛紛走出課室講堂，有的準備去車棚取車，有的就在廊上聊將起來。

脫離日本統治的台灣社會正經歷著巨大變化，反應敏銳的年輕人不但能快於一般人得到消息，同儕間對情勢的傳播與討論，更是無時不進行。

放學後沿著校園花圃行走正準備回住處的楊克立，被隔壁班的高田叫住，一聊之下，話題便不知不覺轉到了日本人在台北的現況。

「他們跑得真快，像餓慌了的狗看見食盤一樣。」

「大家搶搭下班船離開，那付急躁的樣子實在難看。」

「當初最大聲誇口對日皇忠誠的人，現在是最急著離開台灣的。」

「這些所謂的學術菁英還曾經呼籲年輕人為日本大帝國犧牲，時勢一變，馬上成了第一批叛逃的喪家犬。」

「藍明對這事有什麼看法？」

「什麼都沒說，這幾天他又聾又啞。」

「是不是他母親又跟二娘吵架了？」

「倒是沒聽說。」

「他的家庭實在夠複雜的。」

「的確是，沒辦法，這是大家庭的特徵。他爸是大地主，在我們的社會裡，一個有錢人要娶幾個老婆都行，其實那才真是讓生活難過的原因。」

「他弟弟，就是二娘生的兒子，倒是跟他相處得很好。」

「是啊，平常這種同父異母的兄弟都會爭寵，比看誰最行，更會因財產鬧糾紛，他們兩個倒是例外。」

「他弟弟好像肺部有問題？」

「我也聽說了。他也要注意自己。他曾經跟我說，有一次醫生硬性規定他要休息半年。」

「怎麼了，這麼嚴重？」

「腦子停不下來，精神在崩潰邊緣。他看太多書，太敏感了。」

「他看些什麼書？」

「什麼都看。有關於中國共產黨的，也有外國翻譯小說。一本很厚有關馬克思的書就放在枕邊。」

「除了解剖學、細菌學等等教科書，他哪來的精力看這些硬邦邦的東西？」

「說得也是。最近他除了學校哪裡都不去，書又讀得更瘋狂，不上床睡覺，累了就趴在桌上休息，早上就紅著眼睛去上課，勸也勸不動，他似乎忘了我跟他住一起，根本無視我的存在……」

楊克立雖抱怨，卻有點擔心，他只看到表象，並不知道藍明正膠苦於一場假性失戀。

藍明把自己深埋書堆沮喪不已，他如何確定唐幻願意為一個陌生人而被父母責備或招來鄰居的閒語？他如何確定一個乖巧溫順的女子單就著一張字條便願意冒險赴約？女人世界如同一座堅實堡壘，多麼不易攻陷。可是他不是隨便一個別人，他是藍明，是言出必行，完全不參雜玩笑成份願意多認識她的藍明。他的自尊受損，不再去唐家附近兜轉。他自責自虐，把自己放在火裡燒，卻燒不盡相思苦，身心愈是受煎熬，想見唐幻的欲望便愈發強烈。

蟄伏十數日再也按捺不住，如此輕易罷手絕不是他的風格。他必須見她，必須知道她讓他苦等兩小時不赴約的真正原因，必須知道她是否願意再給他一次機會，更必須知道她是否自小已被父母許給人家。

唐幻更用力搓洗衣服，更用力往灶裡吹氣煮飯，更用力拍打晾晒的棉被，她以更辛苦工作來懲罰自己的輕浮，來剔除自己的錯失。那男人只不過跟她遊戲一場，先是以他的風流不羈挑逗她少女溫柔的心，待她醺然徜徉在懷春的想望裡，才狠一把將她撂下。就像得到獵物的貓把玩著已被掌握住的老鼠，先是欺弄一番，等到玩乏了才隨興一口吞盡。而那可憐的蠢鼠竟自願被愚弄被取笑，還誤以為是贏得好感得到眷顧。唐幻的自尊受損，再也不願見他在附近出沒，再也不願被戲弄玩耍。

但是，她又多麼思念他的陽光微笑，他的玉樹臨風。唐幻恨著自己的不戰已敗輕易棄守。只是，她如何將他從記憶裡拭去，如何將早已凌空的心緒安撫降回？

整個台灣顯得朝氣蓬勃，處處是生機。箝制發揮潛力的障礙一除，人們便活躍得孜孜刻刻有如辛勤工作中的蟻群以求取更好的生活。戰爭時期禁止流通的貨品又出現在市面上，魚蛋肉及其他糧食運自南中國以換取台灣的糖。正要起步卻尚未建立完整的經濟體系，吸引無數來自香港及中國內地各大城的投機者麇集這掏金溫床。

趕著回國的日本人只可攜帶有限的行李，有些人將油燈、木屐、布匹、娃娃及刻有紋飾的木劍等等，無法帶回又不捨得丟棄的物品擺在自家門前賤賣。有些台灣人舉止傲慢地和低頭哈腰的戰敗國子民殺價，與殖民時期部份日本警察對台灣人的惡形惡狀成明顯對比。尋常日本百姓一夕間成了砧上肉，又豈是殖民當初所能預料。

過了一段似乎是目中無人的自閉日子，藍明逐漸恢復常態。只是楊克立覺得，自從藍明從魂不守舍到再度步入正軌，似乎有著故意隱瞞的心事。藍明不明講，他也不便問，彼此間最多也只是談談學校社會之類的話題。

「高田問你，對於那些原先信誓旦旦，現在卻爭先恐後逃離台灣的日本教授有什麼看法？」

「無恥！他們不是深信日本是東亞第一強權？不是說要建設台灣以服務祖國？現在呢？出了問題不但不反省，反而跑得比誰都快。這些言行不一的兩面人應該像在中國戰場失敗的將領一樣切腹謝罪。」

藍明換上衣服穿上襪子，簡單丟給楊克立三兩句話便急急踏出房門。楊克立沒料到藍明動作奇快，說走就走。

「嘿，你等等。找到教北京話的人了嗎？」

藍明故意沒聽見，他有更重要的事情要處理。

午後的廟庭顯得冷清，太陽懶懶照著，三五隻小鳥暫停在架上半空中的電線，左顧右盼吱喳一番又急忙飛走。只見兩名婦女清潔祭台，有個老人正在大樹下石凳旁掃著一地的花生殼，幾個小孩繞著在聊天的母親們玩耍打轉。唐安硬把姊姊拉到廟口，也不說明原因。

「快點兒，他正等著呢。」唐安邊說邊拉扯唐幻的手臂。

「誰？你得說說呀。」

「不成，我答應不講的。」

唐幻環顧整個廟庭，見不到認識的人。她正納悶，有誰如此神秘必須透過弟弟要求會面？

「奇怪，他剛明明還在這兒。」唐安就是不死心。「我去找找，妳別走啊。」說著就往廟裡跑去。

唐幻惦記著剛摘下的葉菜不可在太陽下放得過久，等會兒還要給李太太送去。唐安一溜煙不見人影，她不耐地等著。

「我想跟妳談談。」唐幻身後響起男人的聲音。

一轉身，她看到了誰？那男子，那個似有似無如影隨形跟了自己好多日子的人。唐幻驚訝得不知所措，只好低頭看著自己的木屐。不想見又極力思念的人就止站在面前，她卻只是心慌意亂緊捏著衣襬。他這番大膽鹵莽讓唐幻無法進退攻守失據。然後，她發覺自己竟不自主地揣著甜蜜的心跳跟著這男子來到廟的後庭。除了他倆，不見半個人影。

「妳看了我寫的紙條？」藍明求證地問。

唐幻點點頭，仍舊不敢看他。

「妳不能來嗎？」

藍明問得直接，語調裡有一絲酸澀。

「我去了，還等了二十分鐘。」

唐幻說得聲小，一派無辜。

「我不懂，我白白等了兩個小時。」

藍明感到懷疑，眼前這女子當不致說謊。

「我真的去了。在自立文具行對面，第四根電桿旁等。」

唐幻說著說著便蹙起了眉，有著不被信任的不悅。她低頭咬唇，卻聽不到回應。片刻，當她好奇抬頭，正看見那熟悉的陽光微笑。

「妳真的來了，卻等在街的另一頭。」

一時唐幻沒聽懂，幾秒鐘後才明白過來。她也笑了，笑得撥雲見日心滿意足。她笑藍明真的赴約，也笑自己不曾被欺騙，只是被老天捉弄了一回。她笑藍明不是那隻可恨的無賴貓，自己更不是隻愚蠢的小老鼠。藍明則高興得直想舉臂高呼，擁抱眼前這纖秀女子。連日來蓋頂的烏雲已散，誤會冰釋，自戕可止。這成巧的謬誤拉近雙方心的距離，更讓彼此準備好要探索對方的內在世界。

藍明於是以修車為藉口，時不時把車鏈拿掉進入唐家，以便接近唐幻。他勤給她寫信，毫不保留地傾吐他的思慮、理想及內心的難題。他自成一格剛勁的字體與優美的篇章成了她不釋手的讀物，左右她紛擾的思緒，層層密密。她熱切讀他寄來，引領她進入一個以矛盾對立與不正義為探討主題的新領域。透過書信，她認識藍明嚴肅的一面，欣羨他的博學多聞，知道他的心性是一堵不能被推倒的銅牆鐵壁。逐漸，她的芳心有了依屬，也明白，藍明若必須以猛力從她懷裡被奪取，勢必會掀起一場滔天巨浪。

自從與唐幻的誤會冰釋，藍明便忙得更起勁。他更用功更積極，似乎有著永不用罄的精力。楊克立與藍明同住，好友的起伏轉變，他自然是第一個確切感知，既然雄獅再度生猛活潑，楊克力的心情也如釋重負。

「現在你又活過來了？」楊克立故意調侃。

「我從未離開過這個多采多姿的人生，充滿矛盾、痛苦、熱切、驚喜，我喜歡。」藍明得意地說。

楊克立看得出來藍明已自行脫困，更知道他不是個能被小事羈絆的人，既然他不願說明前陣子的難關，楊克立雖隱約臆測得到事出何因，卻不詳問，也就逕自轉了話題。

「說說看你什麼時候再去看他，我跟你去。」

「不行，她只屬於我。」

楊克立暗自驚訝，藍明竟會如此爽快透露他原有的秘密。他頓了頓便順勢笑著說：

「我知道，我知道，你戀愛了。我也沒興趣探人隱私，我是指那個傷兵。」

「你不是只對花苞花蕊病蟲害有興趣嗎？後大我會去，歡迎你加入。對了，告訴大家，我們很快會有個教北京話的女老師，應該商量一下上課時間。」

春日裡，蒲公英的種子乘風飛揚，有的落在草原，有的落在人家的園子，有的落在沃田裡，有的則落死在堅岩礫石上。它們無法尋求方位更不知將落何方，唐幻及許許多多的女子猶如蒲公英種子，無能自掌人生方向。突然出現的藍明是滿開奇異花朵的春園，唐幻不經意落在他年輕熱情的泥土裡，將從泥裡發展或在泥裡死滅完全無可預料。命運的暗潮負載著漂流其上的唐幻緩緩前進，何時會到達彼岸何時會翻覆沈舟更是無法事先知曉。

當藍明知道唐幻說得一口流利北京話真是喜出望外，立刻請她擔任他那夥朋友的語言老師。唐幻的母親生長在北京，沒有人對母親的語言不是駕輕就熟。唐幻滿心歡喜接受她的第一份工作，課前用心準備也驕傲於能教這些學生們自己熟悉的語言。母親當然樂見女兒有了工作，只是不放心地想得知更多詳情。

「妳認得他們每個人？」

晚飯後，唐幻擦抹桌子，母親洗碗筷時順便提起。

「我只認識藍明。」唐幻小心回答。

父親贊成她的工作，母親總是小心得多，女孩子家不能出差錯。

「是不是那個不會把車鏈放回去的小伙子？」母親繼續問。

唐幻點點頭，也幾乎知道母親的下個問題。

「他們一共有幾個？」

「五個。」

「都是些什麼人？」

「全是學生。兩個大學，三個專校。」

「沒有女的？」

「沒有。」

「就跟五個男人在一塊兒，不太好吧。」

母親心生齟齬，女兒跟五個男人共處一室總是欠妥。學生身分幾乎是人格保證，書唸多的人不至使壞。母親雖心裡如是想，為了自家女兒，少一事不如多一事。殖民期間及光復後，平常人只能苦苦為生活奔波，大部份能多唸點書甚至進入高等學府的並非來自普通家庭。起初唐幻並不是沒有疑慮，另一性別的人基本上她只認識父親和弟弟。她甘冒風險，純粹是因著藍明可以信賴。

「那個有錢的年輕人，」母親瞟了唐幻一眼繼續說，「妳不是說他學醫嗎？如果連車鏈子都修不好，怎麼修人的身體？」

唐幻忍住了笑，從碗裡喝了口水。母親當然不明白那是藍明要見她所想出來的法子，父親也看不出所以然為何一部好車老是掉鏈子，卻樂於從小工作上賺些小錢。

「妳怎麼知道他有錢？」輪到唐幻發問。

任何與藍明有關的事都引發她的興趣。

「從他的腳踏車，所穿的衣服跟外表上就看得出來。妳沒注意到他說話態度跟行為舉止全都充滿自信毫不忸怩。依我看，他八成兒出自有錢的大家庭，經驗過很多事兒，精得很，讓我想起去年跟鄰居太太們在廟口兒看戲，戲裡那個主角的派頭兒。小心吶，咱們家窮！」

母親的最後一句話著實小嚇了唐幻一回。難道她感覺出藍明和我之間的一些什麼？唐幻自忖。有錢人可買得天下，愛情與女人算不得是例外，也是一件件的貨。一個醫科學生自當是聰明絕頂，豢養一群女人不但不減少其聰慧還能提高社會地位，這就是有權有錢人的生活常規，即使有人以不道德視之也撼動不了他們的江山。母親不願唐幻和別的女人共侍一夫，只輕輕點醒，希望她能懂得。女人的直覺容不得輕忽，母親還不了解女兒的心？為了孩子，即使眼前有小傷小害，總比事情鬧大事後追悔所受的苦來得輕。

母親的簡短分析倒是讓唐幻更肯定自己對藍明的心意，不僅是他有禮不羈的舉止，也是他異於一般人的見識及對弱者的關懷，令唐幻覺得，他生就是她唯一的歸屬。

因著他也為了他，唐幻忍受學生們濃重台灣腔說北京話的不自在，以及經藍明介紹在退伍軍人處幫助整理照顧病人的不便與煩瑣，甚至有一次遭遇被瘋兵掐頸的意外。

那是個安靜的春日午後，大部分病人午睡正酣，幾隻蒼蠅時不時裏頭外頭繞圈打轉。唐幻例行把洗淨折妥的衣服置入櫥櫃，正當把櫃門關緊，阿牛突然從床上躍起衝向唐幻，用盡全力猛掐她的頸部並大喊：「還我的朋友來，把我的朋友還給我，還給我……」

柔弱如唐幻，她像是在頑童手裏的布娃娃，被粗壯的阿牛猛烈搖晃，完全失去抵抗能力。其他人聞聲趕至。藍明及另兩名男子合力將阿牛制服按回床上，並將其雙手反綁床沿。阿牛仍奮力掙扎，整個鐵床被撼動得嘎嘎作響。

「對不起，一定是護士們忘了綁他。」藍明向唐幻道歉，見她受驚很是不忍。

「沒關係。」唐幻揉揉頸子又說，「不知道他曾經歷過什麼可怕的事，讓他老是找人要朋友。」

「沒有人知道。我們只是猜測，很可能他的好朋友在他眼前被殺，手段太過殘酷，對他的刺激太大。他的胃炎早治好了，不需要留在這裡，應該被送到精神病院，在那裡他才能得到適當的治療。我們已反映上去也申請了幾次，就是沒下文。這裡的主持人不管事，也不知是從內地哪個省來的，講話少有人聽得懂，一大早就可以在他身上聞到酒味。」藍明搖搖頭嘆了口氣。

近來他聽到愈多有關台灣人與大陸人的糾紛。這些外省仔在各機關組織裡位居要職卻不做事，似乎有另種與台灣格格不入的工作文化。早上看報喝茶，下午到處閒聊，工作卻棄置一旁。如此下去，台灣人所圖求豐盈的社會恐怕難以實現。

「今天妳就別去了，看妳嚇得臉色還很蒼白。」藍明提議著。

「我還是去一趟，已經答應好，這裡的事一忙完就去看她們。」

藍明想了想，「也好，她們都喜歡妳。」

藍明口中的她們其實是一群病重的女子，年齡都不大，卻共同有著慘絕人寰的經歷。當唐幻從藍明處得知，他幫忙地點的病患都是被折磨得生不如死的女人，便決定親自來見她們。幾次之後，這一自願探訪也就成了唐幻心情上必須履行的義務。

唐幻提早結束工作後，來到由舊房子改建的收容所。這裡住著戰時被日本人送去前線服務而罹患梅毒的軍妓，正為不同的病情受難。當唐幻第一次踏進這空氣裏飄著異味的空間，一股深沈的哀傷緊緊攫住了她。這些支離破碎的薄命女子，身被病痛所苦，心為羞辱所磨。藍明雖事先警告，唐幻仍無法不與這些集體凋零的苦命花感同身受。她自問，女人身體意義何在？難道就只因天生比男人羸弱便註定要為奴被役？

悲傷轉為憤怒化為同情，唐幻常去看望受劇創的朋友，聽她們敘述與她們同哭，方才發覺過去和雪子一同歡慶姦虐她姊妹們皇軍的勝利是多麼可笑與荒謬！那些男人是禽獸，還是戰爭怪獸將人同化？戰爭由誰起始？是人類自己還是怪獸披上了人衣？唐幻茫然，她的憤怒無解。

日子向著未來一路長趨，藍明與唐幻各自為生活忙碌，卻懷抱著相同美好的憧憬。愛戀中的男女自會搜索枯腸增加相處時間，雖不明說對彼此的鍾情卻能清楚感知對方那份心意。樸拙踏實並不亞於花前月下。唐幻盡一切可能為他做事，偶而間的四目相遇即是無聲的誓言。藍明在工作中靜靜體察，想像未來自己開業，靈巧的唐幻有如鳥兒穿梭枝葉，其伶俐乾淨的工作便已預示她是他最好的幫手。

愛情滋長，即使在困難時期。

CHAPTER 4

蘇黎世 1966

下午五點，天已暗下。文具店裡有個穿著粉紫時髦套裝的女人忙著左挑右揀就是拿不定主意。玉蓮陪了她二十分鐘，開了四個筆盒，翻了六個皮製文件夾，看了五個水晶文鎮，還有其他林林總總，不是色澤不對就是材質不夠好。玉蓮已有點厭，女人倒是明顯沈醉在細挖慢挑享受消費的嗜好裡。若是老闆娘亞勒曼太太今天在店裡，就不可能像玉蓮般有耐心，一路笑臉陪到底，哄小孩似地。

近來亞勒曼太太卯上一個油漆工，人高馬大，見了人就笑開兩個酒渦，渾身肌肉發達，自承不甘心輸給毛頭小子，一有空就往健身房跑。這兩三天他們一起出國去，店就交給玉蓮看著。去旅行一定是亞勒曼太太的主意，她自有看法，認為在旅途上最能看出一個人的僻向，和不和得來短期內便能見分曉。

店裡進來兩個女孩，倒是俐落，一個買寫字簿，一個買了來年的月曆後便結帳出去了。另一個小男孩吵著非要買一整組的有色鉛筆，母親邊付賬邊嘀咕，說是兩天的伙食就這麼花掉。著粉紫套裝的女人好不容易選定一支派克金筆。

「請包裝漂亮一點，這是給我先生的生日禮物。」女人笑盈盈地說。

啪一聲打開純白的香奈兒手提包準備付款。她那副濃密的假睫毛一上一下搧動著。

玉蓮下了班直赴電車站，這兩日母親的異常沈默令她十分不安。自從看了淑英帶來的信後，母親又將自己閉鎖在一個沒人能找到入口的世界。

電車站上早已等著各行各業下班回家的人，這條繁忙大街就躺在大學旁邊，常有學生往返。灰濛濛的辦公大廈一棟棟矗立街的兩旁，雖然大樓外橫披斜掛的聖誕燈飾努力為冬夜添彩，卻趨不走沮喪的寒意。玉蓮愈心焦，電車愈是遲遲不見蹤影。天晚，氣溫更是降得低，有人縮頸搓手，也不知是否真能多提供些暖和。人人沈默著，像是一夥在睡眠中的魚。

人群中一雙熱切的深藍眼睛跟隨玉蓮已有一段時間，揚，蘇黎世大學中文系的學生。這學期他選修中國文學，下課後天已暗淡。當他發現近下午六點都能巧遇這東方女子並同車，便不再藉故拖延回家的時間。選修中國文學是麥爾教授的提議，認為揚若有興趣更深入認識所謂命運與天意在中國人生活裡的比重，文學裡可以找到無窮的線索。

令揚驚喜的是，課堂上所討論有關中國美人的概念在這年輕女子身上竟能看出端倪——雲鬢、柳眉、明眸、菱嘴，而眉宇間則是少有的承擔與自信。她似乎專為揚所預訂，不提早不延晚，恰巧就在揚沈溺於中國文學優美篇章時出現。美麗女人他自然注意過，只是大都出於生物本能的流連，現在有了文學浸淫的支持，不僅是他原先便對黑眼黑髮苗條女人較有好感，現在更可透過外顯的氣質來推測這女孩可能具有的性情。

他站離玉蓮幾公尺，就在能自我藏身又可清楚觀察她的暗處。幾天來這吸引他注意的女孩似乎正憂著心有所牽掛，她的輕蹙額眉更引人憐惜，想與她相識的欲望一天強過一天。她總在廣場站下車，應該就住在那附近。她晚上做些什麼？獨居還是和父母同住？工作還是就學？從未見她背大袋子，書本公事包也不曾是她的裝備，應該不會是蘇黎世大學的學生。揚努力思想這位不知名女子的來歷與生活，由於對她的完全無知，想像便顯得紊亂不著邊際。幾乎每天見她卻不能接觸她，有如長在鄰家籬牆內盛開著，只能遠望不能親炙的紅粉玫瑰，令揚感到極為焦躁，他必須想法子儘早結束這種舉措不安的窘境。

唐幻已向窗外望了好幾回，著急等待她唯一的女兒，脆弱得竟連失去女兒的想像也無法承擔，她再也經不起親近家人一個個地離開。這些年來她不知給台北家裡去了多少信函卻收不到丁點回音，阿玲的信雖解了迷，唐幻卻寧可活在虛幻的臆測裡不願知道詳情。

台灣實施戒嚴，往來境外郵件須受檢。因著藍明與林闕寶，唐幻也名列黑名單不得回台。事實上她也無力返台，缺乏旅費是原因之一，當初離台的緣由也逼使她打消回家的想望。淑英知道她思鄉心切，便自告奮勇代為聯繫，直到日前才從故鄉梢來那封令她神離心碎的信：

唐幻：

我早知道妳一定會有消息，早知道妳一定不會無緣無故消失。都已經十九年了啊！，能知道妳還活著，我真是太高興了。這麼長一段時間妳都在哪裡？過得好嗎？做了些什麼？我多希望能親眼看到妳，親耳聽到妳，就像少女時代一樣。

最後一次我們見面，噢不，更正確地說，我最後一次看到妳是在妳的婚禮上。當時妳不曾跟任何人說過一句話，似乎什麼人都沒看見。妳母親哭個不停，我也淚流不止，妳父親則垂著頭只顧著嘆氣。妳無動於衷，那抹好像是紙糊在雖塗了胭脂也不掩蒼白臉上的淺笑，惹得我們痛苦不已。妳只空洞地直視一個方向，其他的彷彿都不存在，甚至給人妳自己並不在場的感覺。妳當時在嗎，唐幻？妳參加自己的婚禮了嗎？

是啊，已經是多年前的往事了，我卻覺得好像昨天剛發生一般清晰。那場火，唐幻，那場火改變了一切。

在妳失蹤的那一夜，我們在睡夢中聽見有人大喊：失火了，失火了，別墅失火了！我們立刻起身一探究竟。當我到達那棟洋樓時，妳父母也早已在場。火焰猛而烈，妳母親幾度想衝進屋裡又立即被攔回。直到確定屋裡沒有人傷亡為止，妳母親已昏厥了兩次。

妳一定急著要知道家裡的情形，很抱歉，唐幻，我沒有好消息能向妳提起，否則妳現在接到的就不會是我的而是妳家人的來信。在混亂的世代裡，小市民又能有什麼作為？這些日子以來，我學會了不要抱怨，不要妄想能找出事情真相，亂世裡要學習的第一課是如何能平安地渡過每一天。

因為藍明，也因為後來才知道是個投機客的林關實，他們沒放過妳的家人。失火後約兩週，我恰巧看到五六個穿便服的男人從一部停在妳家門口陌生的大車裡走出來，便立刻趕了過去。他們莽撞無理，進到妳家也不打招呼，判官似的，劈頭就指名道姓要妳父親站出來說話。實際情況是這麼樣的：

「快說，你們把唐幻跟林關寶藏到哪裡去了？」一個看似主管模樣的人很不友善地責問。

妳父親只驚恐地看著來人，不明白出了什麼事。

「不知道，我們也正在找他們。」

妳母親壯著膽子回答，唐安早就躲到牆角去了。

我是唯一站在妳家門口的，鄰居們都不敢靠近，怕被牽連吧。

「你們的女兒也太不像話，先是和匪徒藍明有所勾結，現在又跟個搞走私的結婚，她口袋裡一定飽滿得很，你們大概也都收了不少好處。」

「住嘴，我女兒是個好女孩，你不可隨便誣陷她。」

妳母親極為生氣。

「閒話少說。先把這幾個帶回去當人質，不怕他們不出現。」那人下了命令。

就這樣，妳的父母及唐安被他們粗暴地押走。我跪著請求放了他們，卻被踢倒在地。妳母親大喊土匪強盜，唐安嚇得又哭又叫，而妳那不曉得事情緣由的聾啞父親也被硬塞入大車裡，從此再也沒有人聽到有關他們的任何消息。不得不告訴妳這些，令我非常難過，唐幻，但請不要過度痛苦傷心，他們沒做任何反政府的事，老天一定有個公道，我深信他們仍活著，只是失去音訊。

你們的房子被查封，妳曾短短住過的洋樓別墅後來被改成了區公所。還記得那口井跟旁邊的大榕樹嗎？這些都早已被拆除，蓋了運動場。自妳走後，台北改變了許多。妳一定很想看看自己的故鄉，可是請不要回來，不要冒險，很多事我不便說，請原諒。這些年來不但妳的行蹤成迷，有些事更令我百思莫解直到現在仍不明白，妳如何變得不言不語，快速結婚？藍明在哪裡？當時他參加了暴動嗎？他到底發生了什麼事？而妳，唐幻，妳精神身體都好嗎？

妳一定也想知道我丈夫哥哥漢伯的事，他回來了，大約在妳失蹤兩年半後，他才奇蹟地出現，我們欣喜若狂。戰爭末期他在一個林子裡走失，只好獨自在中國各地流浪，他這個真正的台灣人卻到處被以日本兵看待而受到排斥。好不容易回到了台北，因長期過勞缺乏營養而病倒，休息了好一段時間。正當他逐漸復原，卻因他戰後無故在中國滯留，被冠以匪諜罪名收押。那天夜裡，我們被急促叫門聲驚醒，漢伯仍身著睡衣就被帶走。母親心慌憤怒想要奪回兒子，卻被無禮地推開，我們非常害怕他會一去不回。等了好幾個月，也不許去探監，他只兩次寫信要我們寄些他私人的小東西去。他曾遭毒打，被揍出一隻眼睛，最後他終於帶著一半的視力及滿身的傷回家。就這樣，我一隻腳，他一隻眼，帶著沈默的嘴結了婚。四個孩子及一爿雜貨店是我們生活的全部，唐幻，我只希望一家平安健康，其餘的不敢奢求。

草草率率告訴妳這些仍不及我要表達的千萬分之一，妳一定也有許多話要對我說，相信我們會在某時某地見面。我等不及地要看到妳的回信，請保持聯繫，無論如何我不願意再失去妳的音訊。

阿玲

阿玲的信將唐幻多年私藏於己對親愛家人所做的各種想像一剎間摧毀殆盡。原本放學後在草地上追逐蜻蜓的唐安，以一根扁擔挑起兩籮蔬菜至市場販賣的母親，安靜熟稔地拆螺絲修車輪的父親，全都因著她，一個禍首，一個浩劫的始作俑者，這個樸實簡單的家庭被不義與暴力的巨輪輾碎。唐幻一遍遍顫抖細讀阿玲的信，一次次有著心被撕絞的痛楚。她真是自己家庭淪亡的操刀主謀？是誰編導了這一場荒謬劇？如今家人安在？她該回去以換得他們的自由？她能得到父母的諒解？如果返台被捕換得家人早已喪亡的消息，她又該如何料理自己？即使他們活著出監，又該從何找起？玉蓮會怎麼回應？重疊起伏的思緒有如緊密絞絲，唐幻被種種假設可能糾纏附身幾乎喪失生活能力。

除了唐幻本身，沒有第二個人知道阿玲信中的內容。她內心的煎熬無人可傾訴無處可宣洩，而她的失神狀況已影響到春華園裡的工作。再如此下去，餐廳生意恐怕就要受挫。

「媽媽，媽媽，」玉蓮叫得急切，兩手滿是碗盤，「第三桌已經等很久了，趕快送兩壺茶過去。」

唐幻緩緩掃著地上的玻璃碎片，聽不見玉蓮的催促。她在擦乾玻璃杯時不慎掉了一隻，這是三天來的第二隻杯子。

玉蓮眼見就要壞事，趕緊請來淑英陪母親出去走走。她心裡著實慌張，就怕母親又要像在香港倫敦一般再度病著。唐幻接獲的是封以日文書寫的信，玉蓮無法閱讀，母親也不願透露內容。到底發生何事竟能使母親讀畢後如此失態，她無從聯想起。

玉蓮出生於香港，母親在台灣的所有事跡對她有如一張待填的白紙。蘇黎世的氣氛是好，母親一忙，似乎所有的不愉快全被遺忘，不料一封奇異怪信卻將原本穩定多時的母親再度推入密實的黑洞，玉蓮多麼害怕這種與母親近在咫尺卻又幽隔天崖的惶惑。

對於玉蓮，過去是從香港開始的。那是間座落在山丘上的小磚屋，素簡單調，足夠維持人的基本生活需求，再多的就都談不上。冬天海風一颳，冷得磚牆都要跟著顫抖。夏日則溽溼悶烘，彷彿嘛嘴一吹，空氣便要立即著火。玉蓮和唐幻就在這樸淨的小屋裡渡過無數個清晨與黃昏。除了幫忙產婆接生玉蓮的王媽之外，唐幻也不特別熟識任何人。

起初，人們以為幾乎不言不語從台灣來的這名女子患有腦病，時序移轉，逐漸地也就習慣了她的靜默，也喜歡看她牽著小女兒的手，石階上石階下地買菜買日用品，也偶而買給小玉蓮棒棒糖甜口或給人吹著轉的紙風車把玩。

唐幻第一次在這山丘小社區出現時，沒人肯相信一個像林關寶那樣的男人有本事娶到這麼個美人胚子，於是謠傳四起，一時小丘上熱騰騰地全是有關唐幻的討論與臆測：

「我敢打賭，阿寶為了這女人至少花了五條金。」

「別做夢。阿寶不是捨得花大錢的爺，八成是搶來的。」

「是啊，我做夢，你呢，還活在兩百年前，現在可是有律法的，怎可隨便搶人。」

「阿寶哪認得那東西，他自己就是律法。」

「你們兩個別瞎掰啦，女人只認得錢，誰的荷包又滿又肥，她們就像蒼蠅見著了蜜糖，自動上門都來不及吶。」

「不會吧，這女人看起來不一樣。」

「怎麼不一樣，你也沒見過她幾回。她可以在人前扮得個好出身，到了夜裡可就變成了思春的母狗，浪得很。你們也認識阿寶，他只對辣的有興趣。」

「又漂亮又辛辣，操，你們也把我給哄上了，真想馬上來點辣的，現在我就回家抱老婆去。」

「哈，你自己就是條狗嘛。」

「更糟吶，狗還有交配的時候，他呀，隨時都行……」

男人不會不喜歡聊女人，粗俗的男人自有他們談論女人的方式。儘管山丘上飄著不一的閒言，卻沒一句配得上唐幻。

每年約有三四回可以在市場邊看戲，這在小社區裡可是件頂頭大事。天色一暗，鑼鼓聲一起，舞台上明明滅滅的小燈一眨眨地，便可招到蜂擁前來渡過情緒起伏綺麗異幻夜晚的老少。小木凳上蹲坐著引頸的男女，準備要沈浸於現實裡不存在，有情有義的世界。

唐幻與女兒也不自外於這稀有的饗宴。玉蓮在人群裡嬉鑽，待找著了好位子，才拉著母親坐。當女人們為台上的苦情花灑淚，男人們為正義不張而憤怒難消，唐幻秀美如夢的臉龐卻只是別著那朵永恆的微笑。或激情或無奈，她也不改變表情於丁點，只是睜著沒有魂魄的大眼觀看週遭的世界。

那年，當九歲大的唐幻跟著母親在台北住家附近廟前看戲時，自然不懂得那個虛構情境裡所要呈展的一切，只能不時地問母親，為何那男人要離開？為何那女人著白衣？為何那兩人必須武打？以長刀或短匕？母親只顧拭淚，示意她不應吵擾。別的孩子就看戲，唐幻非得看出戲為什麼是戲。

終場，她獨自踅到昏暗的後台，燈籠、戲服、長髯、銀髮、鼓胡樂器，或站或躺或披或吊，紛紛擾擾歪歪斜斜與前台的明亮次序有愛有恨相較，總讓人感到虛幻不實。究竟台前台後哪個才是真正世界，直豁豁地困擾著獨有心思的唐幻。

趕巧地，唐幻在後台探頭探腦的當兒，著白衣的女人就坐在一只舊箱子上，手拿鏡子正在拭淨那張被淚水澆糊壞了粉妝的彩臉。唐幻熬不過好奇，便向女人走了過去。

「妳很難過嗎？」唐幻幼稚地問。

女人看看她，點點頭，手卻不停下。

「為什麼？妳的衣服真好看，我最喜歡長長的袖子。」

唐幻靠坐女人身旁，輕柔地觸感潤滑的白緞。

「跟妳媽來看戲嗎？」女人含著鼻音問。

唐幻點點頭，無法罷看那如雲水袖。

「真想我媽，」女人停下手嘆口氣，「我已經五年沒看到她了。」

「為什麼？」

「我逃家了。」

「為什麼？」

女人說得沒情緒卻引來了唐幻的好奇。

唐幻問得有點辛酸，她自己是萬萬不肯離開母親的。

「就像妳現在喜歡看戲，十五歲那年我迷上了舞台上演將軍的主角，他的一眨眼，一揮袖，一轉身都非常吸引我，每一個走步動作都令我百看不厭，就決定要跟他走天下。我去見班主，立刻被收留。後來才知道，戲班子也不比我家好多少。」

「為什麼？」

唐幻不解家與戲班如何相較，雖然她兩者都覺得好。

「我們是一個大家庭，差不多每天在兄弟叔嫂姑婆之間都有大大小小的爭吵，我早就厭透了這些，希望有個新鮮的不一樣的生活。進了戲班才知道，我癡迷的那個將軍是女人裝扮的，原來我是愛上了一個假男人！我失望得小病一場，很快就必須適應戲班的生活。天沒亮就得起床練工夫調嗓子，還要服侍演主要角色的老戲子，那些資深的可以隨便把新進的呼來喚去。唉，那段日子真苦，現在總算熬出來了，不用再無暝無日地做。像這樣從一地到另一地的跑碼頭生活，我也真是受夠了。」

「妳為什麼不回家？」

「不能回。這些年來我在戲班裡的吃住還要還錢。」

女人說了好多，全是唐幻不懂的別人的事，她停了停又回到原來的問題。

「妳為什麼這麼難過？」

見女人哭糊了一張臉，唐幻仍是不解，雖然她隱約有自己似是而非的答案。

「因為我演的這個角色讓我想起自己。」

「妳不是因為丈夫要離開才哭的？」

「不是，不是，那只是個故事而已……」

當白衣女人正要告訴唐幻原委，一個女聲在身後急躁地問：

「妳為什麼又坐在箱子上？」

原來是舞台上狠心離開的丈夫來到後台。

唐幻一轉身看到穿著高雅長袍的男人現在卻換上卸了妝後蒼白不堪的女人頭，她驚嚇不已！

「要我講幾次妳才會聽啊，坐在箱子上會帶來霉運。下次讓我再看到，三天裡妳休想吃東西！」

唐幻和白衣女子嚇得趕緊站起來，女人難過得又開始掉淚，唐幻卻猛然陷入不和情理的漩渦裡，混亂不知所措。這兩人不是彼此相愛嗎？為何丈夫女人如此粗暴對待白衣女子？什麼才是真實？在台前在台後？女人之間也像男人女人那般地相愛嗎？九歲的小唐幻多麼不解人事。

現在玉蓮就坐在母親身旁，如同當年唐幻翹首舞台體驗另一種人生。玉蓮也感覺嗩吶簫鼓吵雜又奇異？她也混淆真實與虛幻的世界？唐幻直挺著身子，不轉睛地空視著舞台上揮灑動作的人們，音樂的聲響忽忽飄過耳際，她想起摻混動物死屍惡臭污腥暗血的沼澤。

晦澀陰灰的天光裏，空氣充塞千萬噸重的詭異與惡毒，他們抓集無以數計的貓鼠狗狼，去毛剝皮剁肉，灑滿在藍明戍守堡壘的四週以挑釁。藍明孤獨沈穩地等待他的敵人，清楚知道自己將會遭遇如同那些動物一般的命運，卻憾動不了他的高山大壑，藍明豈僅是視死如歸！

每次唐幻不是全身汗溼地醒來，臉上殘留著熱淚。她躺在黑暗裡急促呼吸，仍能清晰聞到屍臭，藍明卻已不在眼前。夢境是那般真實，玉蓮和她生活著的才是虛幻世界。

然而在她眼前的這些燈光、人群、五彩多形物品所構成的，可以觸摸能夠感知的實體正企圖營造另一個真實世界以抵觸她的認知。哪個才是真的？她應該或不應該在哪個世界裡生存？若可選擇，頂好是能與藍明一起被剁入泥裡，他裡有她，她裡有他。

在香港，唐幻沒有任何朋友親人，玉蓮便是她的唯一。娘兒倆幾乎形影不離，知足安靜地在小丘上走過幾多春秋。

唐幻雖不熟識眾人，方圓內的人家可是對她和小女兒的行蹤瞭如指掌。她們不但是被注目的重心，更是茶餘飯後的題材。

在屋外洗衣的鄰家太太們看見背著書包一蹦一跳趕著上學的玉蓮由衷地發出讚嘆。

「真是個小寶貝啊，那個可愛的玉蓮！」

「還好，長得不像她爸爸。」

「說的也是，不僅是長相連脾性都像她娘親，乖巧又溫順。」

「聽她們一道說北京話才叫人稱心吶，又輕又柔簡直像唱歌。」

「也不知她爹娘是怎麼湊一塊的，怎麼看怎麼兜不起來。」

「妳曉不曉得前兩天阿寶又揍老婆了，住他們家隔壁的工媽半夜聽到母女倆的哭聲。」

「唉，這女人真命苦！要我，早跑啦。」

「沒那麼簡單。她一個人在這裡，又有個小孩，到哪裡去做工？」

「也是。不管她躲到哪裡，總會被阿寶找到，他連每個老鼠洞都熟得很，要是她真跑了，不被阿寶打死才怪！」

沿小丘修建的石階旁總不乏邊理家邊叨絮的女人。林關寶在這一帶自有其份量，加上年來唐幻的入主小屋，讓這奇異組合的三口之家更是成了嗑牙的主要對象。

事實上林關寶不常回家，只偶然給點足以生活又不虞唐幻有其他想像的小錢。生活費都由他親自帶回，不假他手，也不願任何人知道他在小丘上的家。小磚屋只能祕密存在，以提供他一個能真正休息的安全處所。

他的確有心要對唐幻好，因她不像別的女人只想掏光他荷包。她安靜又乖順，就是不能正臉瞧他一眼。每當他那傢伙直挺挺地正熱烈需要個器皿已便盛納那些溼溼黏黏他潛在的兒孫輩時，她便拼死抵抗，就像他要姦了她一般。其實他也老大不願意，只是每次都得拳腳齊上，費了好大的勁才能在她身子騎上一回。

林關寶自認是個成功的男人，他的賭場是同行裡最受光顧的。常來的大戶，他不但奉上好煙好茶，連女人也可以是隨贈品。他在角頭內的勢力不容小覷，偏偏就治不了家裡的小女人。

林關寶的賭場就窩在一條窄巷子裡，雖有些隱閉，出入還算方便。褲袋裡不兜著幾個仔兒的，還上不了他的福隆館，敢登他場子的，無不有備而來，也全都是因為看上了在這館子裡，可以天南地北火辣辣地叱咤厮殺。

自下午五點至第二天清晨，這堂子就像個煙館，這邊斥喝，那邊操罵，人嘴雜沓，滿地瓜子殼煙屁股，連天頂上的幾盞白燈也被薰染得蠟黃昏暗。圓桌旁坐滿瞪著紅眼嘴裡含心的賭徒，每一出手都引來長頸隨視口水濺舌頭外揚的貪婪。他們不僅來贏錢，誰的運勢好，便可一夜間成為人人豔羨的大爺。林關寶懂得這些人心，只要守得起遊戲規則，他儘量讓每個人以其自認的大哥形象出現。樓上的白廳才是真正較量的場子，誰能在圓桌上殺出重圍就可登高一層樓。

二樓的這一房間正中央也站有一只圓桌，不大不小，正好夠給兩人拼搏。絲簾、天頂、兩門、兩窗、兩椅、及圓桌本身全是一色的白。據說白得夠純就不易藏污納垢，遊戲也更加公平。

林關寶在年少時代便已練就一身賭藝。誰要有能耐從福隆館搬走銀子，還得通過館主這關才成。林關寶並不天天忙著，真有事了，他可是伶俐又專注，誰都矇不了他。

喜歡走險的人，老天著實沒理由讓他閒著，無時不霍霍磨刀的，總奈不住有出手的機會，只是任誰也預想不到，那回對九龍地莊家老三的傲笑，竟是改變林關寶下半生的關鍵因子。

「哈哈哈，今天我的手真是鍍上金了。」

老三歡呼著互搓兩手掌心。只要他一擲骰子，幾對眼睛便跟著骨碌碌地轉。

「六，再一個……，又是六。」

老三粗紅著臉頸，喊得又噪又響又目中無人。

「謝菩薩謝媽祖，今天我老三真他媽的走運，簡直是再造重生。」

他把片片金幣全掃到自己眼前堆起一座小金山。

「抱歉了，阿寶，我今天的光環大概閃得比你亮些，現在也睏了，想告退回寒舍歇著去，失陪了。」

說著便猴急地把金幣往袋裏塞。

「等等，老三，你懂得這裡的規矩。誰吃撐了就得吐出一些來，免得鬧肚子，覺也睡不好。」林關寶看著正在起身的老三澀澀地說。

「別這樣嘛，兄弟，也沒多少，連我半個荷包都裝不滿，我只不過多賺了幾碗飯而已，你就別擔這個心了。」說著便拈了拈漲得鼓鼓的小白布袋，心滿意足地笑歪了他的闊嘴，離開白廳，消失在門後。

留在屋裡的，沈默不語，氣氛詭異而凝重。片刻，還是主事的先開了口：

「他撈了多少？」林關寶滿臉的不悅。

身旁的小差附在他耳邊咬了幾個字。

「這條豬，擒住他。」林關寶下了令，「不守規矩的就得受罰。」

「多少？」小差解事地問。

「各一。」林關寶重拳垂桌，從齒縫裡擠出兩個音。

三天後，一隻手臂一隻小腿被洗淨蒼白地呈在林關寶面前。

「乾淨俐落，幹得好。」林關寶讚許了小差並賞給他一週的假及兩個女人。

林關寶的性情陰晴不定，幾乎沒有心腹同儕。眾人只識得他的冷面寡情，殊不知暗地裡他為自己保留了可供卸下面具安頓手腳的處所。他的任何作為與唐幻全然無關，更不願自己的妻小捲入是非。他把家高鎖在所生所長的小磚房裡，就是要守住那份與他端靠己力建構的賭城王國相較之下，甚為妥貼的踏實感。憑直覺行事倒也成就了他與唐幻很長一段平穩歲月。

林關寶不識生父，記憶裡的母親無時不在工作。早上在市場剝蝦殼，下午在工地挑石磚，晚上就著油燈折糊小紙袋。林關寶就是被這雙佈滿傷痕硬繭的粗手拉拔長大。他不曾有過玩伴，大家較願意跟個成天笑呵呵或多以黑眼少以白眼觀看世界的小孩玩在一起。

有次他在廚房外小水溝裡救起一隻即將溺斃的小老鼠，從此他便有了專屬的寵物。他把這忠實乖巧的朋友拽在懷裡藏在袋裡，帶著牠四處走江湖，餵牠以自己的情感與祕密，林關寶在一隻鼠輩身上得到從未有過的溫馨與快慰。

可惜，上蒼無意眷顧林關寶。有天早晨，當他從廚房拿出餵食，小鼠卻已不見蹤影。他在山丘各處四下尋找，石階上下不知幾回，每一死角，每堆垃圾全被翻遍，直到下午，他已精疲力竭，不得不痛心承認已遺失了唯一的好友。正當他決定放棄，忽見榕樹下蹲圍一圈少年正興奮地觀看圈內的東西。他走上前去，鑽進窄小空擋往地上一瞧——我的老鼠！

林關寶的一聲大吼，把那圈好事樂禍的小伙子驚開了去。長得最高的那名少年搶得鼠籠快速站起，一隻全身著火的老鼠在窄小籠內瘋狂奔竄淒慘吱叫。

「我的老鼠，我的老鼠，還給我，還給我，還給我……」林關寶又焦急又疼惜地跳叫不休，欲搶得少年手中的鐵籠。

「是我找到的，怎能說是你的。」

少年把鐵籠舉得更高，燒焦的鼠味讓林關寶更感到他的好友所受的劇痛。他氣瘋了，用盡全力撞向少年，鼠籠掉地，少年踉蹌後退被樹根絆倒，頭撞樹幹立即昏厥過去。

老鼠已死，林關寶卻成了大英雄。繪聲繪影的謠言愈傳愈烈，不消數日所有人都知道林關寶不費吹灰之力便把這一角頭氣燄最盛的惡少一頭撂倒。

逐漸地，他的四週聚滿來自各處崇拜大哥的街頭少年。當老大必須夠狠夠醜，這兩個條件林關寶無一不具備，氣燄也就不得不旺起來，十六歲就被公認是最會出點子整人的新霸主。

到台灣打天下其實是他尋找新生活的開端，如果他還有點無邪，機會或許大些，無奈他的血液早已被聚賭與投機毒透，再也沒有能力過正常人的生活。娶得唐幻是他在這島上最大的收穫，回港不久他便立即宣佈他的老婆只屬於他個人，男人們讀通了他的訊息，雖然會偶發些骯髒的念頭，唐幻也得以倖免不被染指。

年過一年，唐幻安靜地在小丘上生活，安靜得好似她不存在。自從在台北河邊發生了那件事之後，基本上她已停止生存。她似乎從體內生出一層厚實的透明阻隔，所有的冷熱痛癢，所有的歡笑悲戚全上不了身。這阻隔實則是個保護層，保護唐幻可能不再受傷害。一隻幾近透光的雕花瓷瓶自是經不起任何碰撞。

這層阻隔更是個保障，得以確保玉蓮不會因著瓷瓶的破碎，必須假手他人帶大。這是人類自衛能力的展現，更是母性慈懷的衍生。唐幻就坐臥在這物裡度時過日。只有在林關寶意圖靠近時，她才恨不得能脫殼遁逃。

唐幻在香港恬靜無事的生活卻終結於一個惡毒不堪的算計。從來也不懂得逾矩損人的唐幻，竟遭到無來由的侵犯。受傷害的不只她一人，玉蓮所面對的驚嚇，更讓唐幻承擔雙倍的痛楚。

那天林關寶回家，不再像往常般圖個清靜，他神色慌張焦躁無主地踱來踱去，還不時往門外望，似乎在等什麼人。

原來四年前以一腿一手為不守規矩付出代價的老三，請來了親兄弟為他雪恥報仇。三天前福隆館剛開門不久，天尚未全暗椅凳也還沒坐暖，林關寶便接到通報，說是外頭來了批人馬。他聞訊跨檻而出，只見來人還擺了陣。

「還認得我吧，阿寶。許久不見，你，活得還健康吧。」訪客咧嘴笑說得緩慢而清楚。

莊天鷹，老三的大哥！嘴叼長煙斗，一身白唐裝，黑髮梳理得油滋滋，五個小差腿站他身後一字排開，帶有傢伙。他在林關寶赴台之前便已去了上海，這下在香港又見到他，令人頗感驚訝。

「非常歡迎，老朋友，的確是好久不見了，有事相找？」

林關寶看到外頭的陣勢立刻明白天鷹上門的原因。

「你不問問，我家老三如何？」

天鷹挑釁地說，嘴裡的煙斗呼呼冒氣，眼睛被燻得瞇成一線。

「老三好得很，幾年在家修養，他大概成了半仙啦。」

「太多了，阿寶，你要得太多了。」

「老朋友，場子裡的規矩你應該很清楚。」

林關寶不急不徐地說，感知不久就會有一場火拼。

「我當然曉得規矩，所以才特地來，只取你一隻胳臂，或，一條腿。老三是年輕了些，不過，年輕無罪，不一定要受罰，你應當明白……住手，上面的幹什麼？」

天鷹眼快，看到二樓廊子上林關寶的手下已亮出短刀。

「你的人還真是忠心，阿寶，我們就奉陪了。上！」

天鷹大手一揮，兩造人馬便幹了起來。賭客紛紛奪門而出，聞名遐邇的賭窟立刻成了殺戮戰場。天鷹的手下個個是驍悍的職業殺手，一場血戰下來硬索了福隆館八條人命。

第二天的初陽透過窗板撒下第一道金光，蒼蠅環飛在半乾的血灘上，原本紛沓爭擾的賭場被一片死沈空寂取代。橫躺的斷腳桌椅，一地的瓷杯碎片，破敗的窗，踹穿的門，二樓白廳被鮮血恣意揮灑成紅色記憶。快刀削斷半吊掛在門口印有賭場名稱的彩布在晨風裡微揚，標示了林關寶黃金時代不光彩的結局。

自從賊眼光頭和林關寶在山丘小屋蹍頭，而被唐幻得知他們蛇蠍般的協商之後，唐幻就不曾有過一天安穩的日子。就在她決定帶著玉蓮冒險出逃時，事情便已發生。

和玉蓮一起夜半被帶到碼頭的真正原因，唐幻並不清楚，林關寶也不可能對她闡述自己是如何不光榮地死裡逃生。海風清冷，臭油與魚腥味在空氣裡浮沈。玉蓮投入母親懷裡，看到母親月光下無動於衷的眼神，不陌生只是更冷淡。

上船幾個時辰之後，那個臉上長痣毛的光頭鬼拉開母女倆，硬把唐幻押入臭濁的小暗房，剝去她的衣服，唐幻就這般虛弱無助地被暴姦一場。她的每一條神經抵死不屈，每一個細胞充滿忿恨，老天對她有多少虧欠？虧欠何時才能償還！

蘇黎世　1966

脫離倫敦夜生活的唐幻好不容易有了平實的日子與頗上軌道的生意，卻因為台灣來的一封信，讓她剎時又墜入一個與外界隔絕的私密世界。

玉蓮找來淑英解圍，以為她可以探出母親失神的蹊蹺，不料天性好熱鬧的淑英，竟把唐幻帶到她不熟悉更不適合的轟鬧舞場。

在陌生場子裡的唐幻，木然望著晃圈的燈光與人群，只覺得這些男女把身體扭動得像老家廚房灶旁，剛買來新鮮的魚，蹦在無水盆子裡，做死前最後的掙扎。

吵雜又無內容的聲響，他們稱為搖滾樂。淑英說，人可在此達到空無的境界，跳舞是去除煩憂的最佳良藥。唐幻啜口果汁，空望著不斷動盪的人體。領她來舞廳的淑英有時出現，有時扭淹在人群裡，片刻不見蹤影。

「真不懂妳為什麼要回台灣，我在香港聽說台灣的執政黨還繼續迫害不同意見的人，大權在握的，看人非敵即友，反對他們的，全被丟到南台灣的離島。雖然妳什麼都沒做，還是會被以共謀看待。懲一以儆百，妳又不是沒聽過。妳的家人？已經這麼多年應該早被放出來了。他們被抓主要是想招引妳，妳不出現，留著他們白吃飯？如果他們已經出來了，非生即死。如果他們已死在牢裡，當然活不過來，妳回去有什麼用？羔羊應該遠離猛虎……」淑英曾勸她的一字一句重重敲進唐幻腦殼，眼前的一切何其虛假。她身在何處？唐幻看著晃動的人身，耳膜裡充塞巨大吵雜的聲音，呼吸著穢濁嗆鼻的煙味，噩噩地憶起不堪的從前。她渾身發熱，所有感官四分五散行將撕裂，嚴重頭疼驅使她對新鮮空氣急切的需求。沒穿上外套的唐幻冷熱交夾地徒步三十分鐘回到春華園，也就理所當然地病倒。

玉蓮後悔將母親托給淑英，照顧唐幻絕非想像中的容易。

文具店的亞勒曼太太得悉玉蓮的難處，自動給了她幾天假。除了照顧餐廳上下之外，最讓玉蓮心焦的，當然是母親正病著，特別這場病幾乎是由她主導而引起。

「媽媽，妳為什麼不哭出來？」

玉蓮憂心坐在床邊，高燒使得唐幻呼吸急促，兩眼空泛地直視天花板。

「妳應該把所有的不愉快全哭出來。告訴我，到底什麼事讓妳這麼難過。你就哭一哭吧，媽媽，我好害怕。」

唐幻無力地舉起右手，輕撫玉蓮的面頰，顫抖地說：「我留在妳身邊，玉蓮，別怕，我留下來。」

玉蓮愛憐地握住母親的手，難過得滴淚。她如何知道，母親正處在是否留在蘇黎世的思慮中煎熬掙扎。

而唐幻，多少年了，她早已沒有眼淚。

蘇黎世，這個世界金融中心之一的富裕城市，由於不曾遭遇二次大戰的蹂躪，加上歐洲各國也已從戰爭的破壞中復甦，正以它厚實的經濟基礎向前大步跨進。車站前、大學區，永遠是川流的車潮與形色匆匆的行人。

揚已兩天沒看到她，頗感心焦。現在玉蓮又出現在電車站，他必須在再度失去她行蹤之前快速採取行動。只是，怎麼做？為了每個月能利用大禮堂辦活動，他可以無須準備，一下子五六個充足理由脫口而出和校方交涉，現在卻為了要想出不嚇著她也不使她難堪，又可讓她對自己留下好印象的良策，揚真正搜索枯腸，就是找不著一個適當的切入點。

假裝不留神踩到她的腳？不，太幼稚，不是他的風格。假意問路？行不通。如果她不認識自己所提出的那條街？即使認識，她說明之後，不就得立刻依著她的指點上路，如何能繼續和她交談？兩分鐘，四分五分鐘過去，電車隨時會到達，不是現在就沒機會！揚深吸一口冷空氣，走到玉蓮身後，說：「妳好。」

玉蓮回頭，看著揚，頓了頓才笑著說：「你好。你也說華語？」

「會一點。我是中文系的學生。」揚說著便指了指不遠處的大學。

「啊，真有意思。」

揚很驚訝這東方女孩的確會中國話，他的小小隨機策略奏效，只是沒料到過於無阻的第一步卻妨礙了下個句子的銜接。揚的頓時尷尬無言，是讓玉蓮的順話圓融地消除了。

「中文系裏有很多學生嗎？」玉蓮好奇地問。

「非常少，中文一點也不好學！」揚試著字正腔圓地回答。

「我想也是，聽你的音調就知道了。」玉蓮語畢，兩人相視而笑。

只要對對方有好感，年輕人的彼此相識並不花費時間，而好感是否產生，往往在第一眼便立見分曉。玉蓮由於在文具店在餐廳工作的關係，見過無數或活潑或沈穩的年輕男孩，卻感覺揚特別吸引人，尤其是他深藍的雙眸令她憶起，在香港的那些年，母親總愛在黃昏從山丘眺望無際的大海時，安靜地哼唱一支悲傷的曲調。

揚與玉蓮這對年輕人幾乎每天在電車站相遇又同車。揚抱怨一刻鐘之後玉蓮就得下車實在太過短暫，要約她出來似乎也不容易。然而，心裡想的必定要實現，他從未失敗過，也自信，能夠約到她是遲早的事。揚的盤算，在近一個月後便有了正面的回應。

被男孩親近的玉蓮每天早晨花加倍的時間在鏡子前打點自己。她有著如同母親一般烏亮的長髮，披在肩上垂在背上像一匹無瑕的黑緞。她帶兩份午餐，以天氣冷較容易餓做為對母親疑惑的答覆。儘管冷了的中國飯食不再可口，兩個年輕人仍是津津有味一匙匙地坐在公園裡被白雪環繞的椅凳上分享中午休息的片刻時光。揚從家裡帶來溫水瓶裝的花茶，讓零度以下的冬日野餐有些許的暖意。

坐久了便覺得冷，打雪仗也就不可或缺。他們把自己像孩童般玩野了，全身發熱，玉蓮才像在沙灘渡假必有的儀式，將揚全身以白雪覆蓋，只露出向她嬉扮鬼臉，五官分明如丘壑般俊秀的面容。和玉蓮相處，揚享受著無須嚴謹思慮又能盡情歡笑放縱的悠遊自在。因著玉蓮晚間及週末都得工作，中午時段便提供他們進一步認識彼此的機會。

青春有其特有的氣質，沈浸在彼此的吸引中便立刻愛上彼此。乾柴遇上烈火，熊熊炙焰的產生一定無法避免。埋藏在憂鬱冷酷外表下揚的青春熱情，一經玉蓮的誘發而不可收拾。從來拒絕外力影響，主張全力自主的揚，這次不得不承認因著玉蓮而有所改變。

揚自小就是個寂寞的孩子，不同於其他幼兒的枕邊故事，母親的琴音是他熟悉的催眠曲。記憶裡他常和父親馬可開老遠的車去參加母親的鋼琴獨奏會。白襯衫黑西裝紅領結是他標準的音樂會服裝，黑皮鞋不擦得泛亮也不得登車出發。台上的母親通常穿著一襲閃著微光的長禮服，時紅時黑或銀白，陪襯她白皙肌膚顯得雍容綽約，輕易地便可吸引眾人的目光。

揚知道，當母親彈得將上身貼近琴鍵時，那部份的譜上必以三個p標示，四個f的出現會讓她強烈觸鍵，幾乎要從椅上躍起。母親常說貝多芬太了解她，連她的呼吸都可以數落得一清二楚。為了感謝他的知遇之恩，她常在演奏的曲目上排入許多演奏家不敢輕易嘗試的一連串貝多芬艱難的奏鳴曲。她認為把第十四號奏鳴曲標題為月光是對這曲子的嚴重褻瀆。第一樂章不斷流轉的三連音與一片靜止不動的銀白月色絲毫沒有關聯。她個人的詮釋是，在秋天的林子裡跨坐在旋轉著的馬背上昂頭迎接被樹葉篩落的斜陽。光影翻躍在微風輕拂的髮梢臉龐，不斷地旋轉，不斷地一下見葉一下見陽。極短的第二樂章有如英國馬術學校的馬匹，或優雅原地頓步或特別舉膝高貴小跑，輕巧而典雅。第三樂章一起頭便是宇宙洪荒最原始的聲響，隨著曲子的發展逐漸演變為一波又一波的滔天大浪，人心也跟著浮沈狂盪。若是有人批評她的某些觸鍵指法特異，她便反駁，應該是土撥鼠的孜孜工作就不能是螃蟹在爬行。她對曲子的詮釋是她與作曲家之間的事，等到一切都入了歷史，人們只記得作曲家或極少的演奏家，樂評人不會留名。

揚記得有一次母親彈奏第二十三號奏鳴曲，她的手指彈跳飛躍在琴鍵上全然是蚱蜢與蝴蝶的完美結合，琶音的表現如一面徐徐開展的扇子。激昂處，長禮服下右腳的低跟黑鞋隨著手指頭的重搥與身體的幾乎躍起，力踏舞台木製的地板。後段風起雲湧萬馬奔騰，觀眾完全沈浸在她手舞足蹈氣勢磅礡的演奏裡。

最後一音嘎然落下，右手高跳的同時順勢一轉身忽地站起，觀眾一時還停留在憾人的旋律裡，直到母親輕笑微喘，直挺站立數秒後彎下腰時，才大夢初醒，霎時掌聲如疾雷閃電，觀眾一致起立，瘋狂鼓動雙掌。

孤獨在琴房裡一遍又一遍一小時又一小時，好又要更好永無止歇練習的最直接報酬，便是在演奏會裡每一曲畢觀眾熱烈而長久的掌聲。這時高站台上的母親總是綻放滿意的微笑，數次鞠躬致謝，台下的激情才得以平息。音樂會結束前揚往往要抱著一大束泛香的鮮花走上舞台，母親接過花束總會親吻他的前額，揚聞著熟悉的香水味，舉頭望著驕傲而成功的母親卻感到無邊的孤寂。他認為母親是屬於觀眾的，也就不自覺地拉開和她的距離。即使母親在家琴房練習時，他不但不主動來問，為什麼狒狒給另一隻同類看它的腳底，以表示承認對方是老大？也不告訴母親，他認為希臘神話裡伊達拉斯父子伸展蠟翅由克里特島飛向太陽，翅膀被炙熱陽光融化而掉到海裡是件多麼愚蠢的事。

有次他和父親送母親到機場，金屬機翼在陽光照耀下散發的銀光留給他極深的印象。如此的翅膀不但不會被融化，還載著演奏生涯忙碌的母親遠遠飛離蘇黎世，那時的他並不知道往後見到母親的時間將逐漸減少。

孤獨的孩子總是早熟，揚便是被寂寞一舉拉拔長大。時光移轉，現在母親又是在巡迴演奏途中，他也有了一位女友。

玉蓮近來的心神不寧心緒多變，唐幻一一看在眼裡明白在心。她幾乎開始要嫉妒起女兒以及她所擁有的青春，更如同當年自己的母親一般，擔心女兒會被青春所傷。玉蓮工作如昔，只是無法專心。洗碗盤時忘情微笑，筷子誤入湯匙盒，客人點了茶她卻將咖啡送上……女兒是大了，唐幻開始思想玉蓮總有離開的一天。——是的，每個女人都應嫁給心所屬的男人，我的玉蓮也是。從來我不曾為自己而活，她不需要我的那刻，我的存在立即失去意義。玉蓮代表她自己、藍明和我。她的身分一變，三個緊緊相連的生命便要分裂四散。玉蓮與藍明各有所歸，我又該如何安頓自己？——唐幻緊張混亂，是否如淑英所說，她又開始自己嚇自己？二十年前沒學會精神獨立，現在該是時候。女兒如同春日枝頭上歡躍的彩鳥，不脫掉沈重外衣如何飛翔雲霄？她自己是否會是阻撓玉蓮翱翔的牽絆？

「請他來，我也想認識認識。」一天早晨唐幻冰冷著雙手鼓起勇氣對女兒說。

玉蓮並不真正了解善感的母親，只儘可能不讓新事物打擾她，這次母親似乎已準備好自己，她雖感驚訝，卻也高興不再有必須隱藏的祕密。玉蓮與母親相依唯命，自是想盡法子要與她分勞解憂，然而母親從不吐露有關自己的丁點，玉蓮如何與她分擔心緒？揚是個好男孩，他的出現應不致對母親造成太大的衝擊。玉蓮只能如此希望，卻沒有全然的把握。

週六下午。連日來的大風已息，雨卻下得人淒迷。幫忙餐廳工作的太太生病告假，玉蓮獨自在廚房洗菜，沒有客人又有些許昏暗的餐廳特別顯得空寂。唐幻鋪完桌布坐回櫃台後面，百無聊賴地望著窗外涔涔滴落的春雨，以及穿梭過街的三兩行人。突然間，她看到⋯⋯她看到⋯⋯一個男人。突然間她看到藍明！藍明在蘇黎世！

著米色風衣的男人沿窗走來，開門踏進幽暗的玄關，頭轉向右，以左手打落右肩的雨水。唐幻屏息觀看，那人的確是藍明，藍明就是他。唐幻記得每一細節動作，每一輕微聲響，每一若有若無的氣味，在台北，在那個淒風苦雨瀟瀟惶悚的午後。

1947年的台北悶烝著一股躁鬱不安。台灣光復後，新政府一年多來的表現，讓人有理由懷疑當權者對台灣的前途究竟花了多少心力。

如同一般小市民，樸素不與人爭的唐家對政治不懂也沒有興趣，只努力著把事情做好做對，企盼能有更好的生活。舊曆年過後不久，唐慶的同鄉嫁女兒，力邀他全家參禮。難得出門的卓慧民坐在榻榻米上把幾件簡單的衣服及必需品折放在一條方布巾裡，拉攏對角各打了個結。父母及唐安打算在鄉下過兩天，唐幻由於重感冒尚在恢復中不便出門。她細聽母親囑咐，送走家人，服了藥，便又沈沈睡去。間或有幾次小醒，總是浮沈在幽明之間。就在那夜，唐幻忽聞遠處傳來斷斷續續鞭炮聲，非年非節，多奇異的現象！

第二天早晨，街道出奇寧靜，收音機播報，由於前一天發生群眾事件，當局呼籲市民留在家裡減少外出，所有活動暫停直至暴動受到控制。一切在未明狀態，唐幻見不到鄰居，也不敢上街一探究竟。如此過了三兩日，如同身處孤島，對外唯一聯繫的媒介僅是不斷重複報導的收音機。家人音訊斷絕情況不明，藍明呢？唐幻一心掛念。在這動盪的時刻，他必定不會沈默退縮。他該不會是被捕的暴民之一？唐幻愈想愈心亂，此時能夠再見藍明比幾近空乏的米缸更加重要。唐幻知道家人的去處，心裡總是有個著落，不見藍明的蹤影，讓她不得不往壞裡想，烏黑的雲層使得沈入谷底的心緒更加不見天日。

天雨。唐幻心裡突然升起異樣的感覺，她撐起慵慵的身子打開大門，耐心地端坐屋內。雨勢愈大，四週一片闃然，空氣裡漂浮著一股緊張，一場無名的爆破正悄悄逼近，她已準備好迎接任何事變。

忽然間，著米色風衣的藍明出現在門前，他轉頭將肩上的雨水拭去，向唐幻勉強擠出一絲笑容。他站在她面前，疲憊沈默而不屈。不久前他剛和一批台籍日本兵在警局威脅繳械，平日粗暴對待百姓的中國警察被台籍兵以暴力嚇退而紛紛逃逸，警局暫由台兵佔據。藍明不曾以拳頭恐嚇過任何人，行事前他並非沒有疑慮，行動的正確性卻趨使他勉力前往。而此刻，站在戀人面前的他頓時鬆弛下來，覺得內心的矛盾唯有唐幻能解。他急切需要她的溫存，她的體貼與安慰。

她懂得他，靜靜地領他進到她昏暗的房間，遞了一條乾髮的毛巾，幫他把淋溼的風衣掛在牆上。在她轉身之前，藍明以有力的雙臂環住她的纖腰並熱烈盡情地擁吻她良久。唐幻的心跳得深且快，感到整個人逐漸融於藍明狂炙的熱情裡。當他透過唐幻披散的長髮撫觸她無瑕的身體，藍明再也無法控制自己。他緊緊纏住她，有如葡萄藤彼此間的牽扯。唐幻感覺他在耳邊的熱氣也聽到他低喘的絮語——我承擔不起失去妳，唐幻，我擔不起。青春之火熊熊炙烈，她下身甜蜜的痛楚使她明白歸屬的真諦，原來彼此相屬竟可如此痛苦而歡愉。

屋外軍隊槍殺無辜，不義之魔滿街橫行。而屋內，在唐幻的小室裡，只存在著情愛與美麗。

那是唐幻最後第二次見到藍明，不久之後，她倒希望那個雨得瘋狂的午後，會是她與藍明最後一次的相遇。

如今，在1967年的蘇黎世，在幽暗光線下黯淡的春華園裏，那個穿米色風衣的男子進了餐廳衝著唐幻微笑。藍明就站在她面前！被雨淋溼又極為疲累的藍明在這麼多年過後竟然再度出現！她感到腹中一陣痙攣，以手掩口快速走向屏風後的盥洗室。唐幻乾嘔不止。

CHAPTER 5

蘇黎世 1967

雨落紛紛，大地仍舊沈睡。朝陽雖穿不透密實的雲層，現在的清晨已不再像嚴冬時節漆黑如深夜。林關寶軒聲連連，唐幻滑出被窩輕巧走向窗邊，俯視雨霧中的鄰厝。私家車泰然地並排停站，一隻貓跳過木欄走入玫瑰園圃。春神早已處處著花。

唐幻再度夢見獨撐挑釁的藍明。這個夢境纏隨她已久，藍明帶著不可思議的沈穩靜待他的魑魅魍魎是令她心剮的、不斷重複的夢魘。每每她心跳驚惶地醒來，空氣裡似乎還殘留剁碎動物的腐屍味。即使必須時常經驗如此可怖的一幕，她寧願留在夢裡，以便清晰地看見藍明的面容感覺他的溫熱。於唐幻，缺少藍明的夢外世界並不真實。這事以及其他種種她私存於心，以保住內在的純美不受干擾。

在蘇黎世定居純屬偶然。若不是那香港人告老還鄉，唐幻也不可能有機會截斷在倫敦喪失尊嚴低賤卑下的生命。當初在蘇黎世國際機場下機時，她深深吸入一口新鮮空氣，寬廣整齊的機場大廈似乎象徵著她清靜高潔的明日，第一次她踏著輕快的步伐走入未來。

除了餐館，林家還接手一間公寓。初到時，玉蓮興奮得孩子般到處探索翻看，傢具雖陳舊卻完好可用，唐幻摸了摸床，試了試沙發，打開衣櫥冰箱，幾乎不敢相信這遲來的好運。……若是他也在，一定會很喜歡……唐幻立即想到藍明。他在的地方，她才有真正的幸福，只要他需要，她隨即會趕到。這，只發生在夢裡。

頭幾年在蘇黎世安穩奮鬥的歲月竟在不覺間悄然流逝。唐幻顛簸的人生從未放棄對她或內在或外在的侵擾。只是唐幻如何都不可能想到，未來的困頓和衝突會是發生在與自己最親密的女兒之間。

打烊後才回到家的母女總難得在身體疲累的深夜有好好說頓話的機會。這幾天玉蓮可是隱忍了許久，才終於有時間與母親一談。

「媽媽，妳就讓他來。妳不是不喜歡我在餐館工作，一輩子跟油煙混在一起？妳也知道，現在客人愈來愈多，妳自己不可能同時兼顧。還有，揚希望能跟妳學華語，妳的中文這麼好，你們正好可以互相幫忙。」

玉蓮企圖說服母親，也為了能更常看到揚而感興奮。

那個第一次便把唐幻驚恐得魂神齊飛的年輕人希望能在春華園打工。唐幻並非不須外援，而是這名在灰暗玄關裏乍看之下酷似藍明的青年令她遲疑。她總覺得些許的不自在，刻意要探究竟卻又說不上來。唐幻尋不出拒絕女兒的理由，也就說好說不好地答應了。

揚準時上工，穿著一件和他深棕色頭髮相稱，有著翻領及北歐風格圖案的毛衣。玉蓮說明工作細節，他可負責寫點菜單，向客人說明菜餚的材料還得等上一段時間。揚的學習能力一流，是那種先在腦子裡演練一遍才交付軀體執行，把錯誤幾乎排除的過程。手腦並用的結果，三兩天便已得心應手。除了例行問候林關寶，他沒有廚房的工作。

餐館瑣事繁多，困難倒是談不上。無法解釋的是，他在老闆娘面前總顯得異常笨拙，時常不是沒把話講完全就是在句子不該停的地方停頓。工作時他刻意與她保持人身距離，卻在不被發覺的情況下盡情眼隨。他恨著自己的羞怯，也自問，何以跟唐幻談話時不自覺地必須要把每個聲調每個字句擦拭得雪亮乾淨。

唐幻則感到，像這般年齡的大孩子，相較之下，揚顯得特別焦慮與嚴肅，似乎有著某種難以言說的壓抑。然而，他的輕握拳頭兩手下垂，他的直挺正坐交疊修長的雙腿，他的舉頭，他的轉身，無一不是深長意味。不知所以然地，她也不正眼看他，避免直視他的眼眸。他令她感到一點興奮一點不安。

唐幻與揚正設法避開彼此。

這天的蘇黎世依舊安靜而熙攘。春華園就座落在兩街的交會口，門楣上的兩隻大紅燈籠在一片素樸的灰黑白或偶而參有的黃藍綠街景與建築物陪襯下，顯得突兀而欲言又止。

餐廳的一樓由於營業時間未到而顯得冷清，地下室裡可沒閒著。

「艾文到底來不來？」揚不耐地問。

「給他點時間。他正在創造他個人的歷史。」葛漢加以說明。

「什麼意思？」

「他說，我們是一夥的，他也要跟我們一樣名列黑名單。」

「什麼話，上黑名單又不是我們自找的。我們是被設計了才掉入陷阱裡。」

揚把兩手插入褲袋，很不愉快地抱怨著。

「一個說可以呀，我們可以在晚上七點到八點之間在麵包店轉角處集合，等到聚得差不多了，才蹦出另一個說不准集會。我們到底要聽誰的？分明是要讓我們出醜，讓大家認為我們沒有組織能力。」

說完，葛漢隨手抓來一把有點搖晃的椅子坐下。

唐幻允許這些年輕人使用在春華園地下室的一個房間。當她知道揚的伙伴缺乏聚會場所，便慷慨提供雖不舒適卻有充足暖氣的房間給他們。揚以在餐館幫忙交換他的中文課。有幫手又不需發薪水，林闕寶自然沒有反對的理由，即使有異議也不濟事，唐幻成了當家主子總是個事實。

「我知道，他們怕我們像西柏林的學生一樣鬧事。全錯了。我們對破壞沒興趣，我們只要參與計劃，只想知道，所有事情他們下令我們跟從，這種由上而下的指使對他們到底有何好處？他們應該知道，我們不是五歲小孩。」揚說。

「他們強調，學生的功課就是讀書跟學習獨立思考。現在我們有了自己的意見，他們卻看成是該澆滅的火種，根本不合邏輯。」葛漢附和著。

「阿里以宗教及不同政治立場為理由拒絕參加越戰，結果不但他的重量級拳王頭銜被摘除還被判五年牢。整個事件的重點不在阿里拒服兵役，而是越戰本身就是個無聊的把戲。他們該想想，處罰阿里根本沒碰觸到問題的核心。」揚愈說愈激動。

平時他不多說話，沒人知道他真正內心的澎湃。揚每天六點即起，將自己深埋在「國家的形成」這本書裡，劃下令他喟嘆的句子，再三熟讀。為了不讓自己再睡著，他赤腳站在冰涼的地板上，幾分鐘後寒氣經由手腳傳遍全身冷卻他的腦炙熱他的心，揚感覺自己是個真正的革命先鋒。

除了正門，春華園另有一入口直通地下室，艾文氣喘吁吁趕來，連聲道歉。

「對不起，對不起，要找個人人注意得到的地方真不簡單。」

這個貓王迷頂著一層膩膩的髮油，每天早晨花大把時間在鏡子前把兩邊鬢角修飾得整齊不苟，揚實在看不慣。

「你做什麼了？」揚問。

「這次是彩色的，而且分兩部份。右邊是一面美國國旗，上面我寫：以自由之名。下面是：愛你的敵人。左邊是從國旗裡蹦出炸彈掉在耕種的農民身上。炸彈上方寫：為何不讓花兒長大？」

艾文比劃手腳敘述得陶陶然，似乎對這張新海報特別得意。

「然後呢？你被盯上了？」葛漢好奇地問。

「沒有，真可惜，枉費我這個人才。上禮拜你們一定也在正門旁邊看到：警察狗搖尾時，該怎麼辦？丟給牠一條加迷幻藥的香腸。」

那張海報醒目無比，幾乎所有人都看到了，大家有默契地笑成一團。

從門縫處，揚看到拿著兩朵花菜正要上樓的唐幻，便一下子止了笑。——她聽到我了嗎？揚自問，並分心地看著自己的鞋尖。葛漢和艾文沒注意到揚的變化，不久又進來兩個伙伴。

沒人能對生活確切下定義也無法預設行涯，大地循著自然法則運轉，人類亦有其自訂的規章。愛情不然，它無跡可循。愛情一旦發生便滔滔不絕如同氾濫的洪水淹沒一切難以遏止，人不能駕馭更無法圍堵。當愛情來臨豈能轉背相向，只能戚戚然喪失獨立自我卻又欣欣然被奴被役。即使揚的愛被視為離經叛道，要發生的仍是按捺不住無可抵擋。誰能阻止一座活火山的爆發。

夜深。繁星閃爍。揚傾聽自己腳步敲在石板上的聲音清晰而孤寂。試圖理出頭緒的心情卻飄移在穹蒼的星海，尋不著依泊的港灣。許久不曾如此沮喪，甜美的痛苦緊緊攫獲了他。揚萬萬沒想到自己的情緒竟莫名地由唐幻所左右。習慣於理性思考的他，正汲汲為這無法解釋無跡可循，不住翻騰澎湃的內裏找到一確切的，足以說服自己的理由。他不但遍尋不著，竟然又像個不懂事的小娃兒般抱怨，為何唐幻從不問候他？為何她除了直接回答問題之外，從不主動與他攀談？難道他就不能佔據她內心小小一角落？第一次見面時，他被她又驚恐又歡喜的表情所迷惑。他赫赫然發覺一個成熟纖秀的女人能在頃刻間向他散發出巨大吸引力，以致他無法收回讚嘆的目光。

學中文其實是為接近她所想出的計策。揚了解自己，在必要時候他總能老謀深算，極少的失敗率使他引以為豪。他從不厭看唐幻如何僅以一支釵子穿過轉了幾圈的長髮而呈現花樣的結。他暗中觀察，她如何俐落收拾桌子並鋪上白淨的桌布，如何側身曲膝拾起地上一支牙籤而從容丟棄，如何不出聲響拉上儲藏室的簾子，如何小心翼翼摘折盆景中的枯葉，一切都是那麼輕盈雍容而尊貴。

揚高過唐幻一個頭還多，從櫥櫃最上層取下酒杯是他最喜歡的工作。當他拿下酒杯由唐幻接手的剎那總會無法避免地輕觸到她柔涼的指尖，這樣的接觸足以讓揚心跳加速，有著無邊的、令他臉紅的想像。淋浴時，他以蓮蓬頭調得極少的冷水滴臉，幻想唐幻指尖輕觸他的臉龐，以重複他暗地裡的喜悅。

一個眼神，一個碰觸，愛情便發生了。

善感的唐幻當然注意到無時不跟隨著她的灼熱目光，也害怕偶一抬頭便要看到某一角落裡，隱藏在冷漠外表下熱情洋溢的眼神。那個傻孩子，唐幻安慰自己，年輕人喜歡有不與人同的想像與作為，喜歡嚐新。這個大男孩應不至招來麻煩，他一直還跟玉蓮外出散步上戲院，過陣子遊戲夠了就會再恢復常態。

然而，她自己！為何見不到揚時便要顯得焦慮？為何在他唸誦課文時，她總不厭看他雙層三層四層細巧的、下連長濃睫毛的眼皮而微微騷動？為何基本上是陌生人的揚，唐幻卻確信自己了解他？又為何這份了解偏發生在他身上而不是其他任何人？就因為不只他給人的第一外表印象太像藍明，內在亦同？還是他的心境與人特異而顯於外的氣質與自己重疊？唐幻不很明白學生們討論的議題，只注意到，當藍明，不，當揚說話時，大家必定專注傾聽。揚與藍明似乎有著相同的分析社會事件與組織活動的能力。雖是在不同國家不同時間面對不同事件，唐幻卻有著隱藏多年從未脫口的恐懼。

青春意味著憤怒與勇氣，向著不願理睬年輕人的一切發出怒吼並挑戰不正義。青春引人走入一個或許有較好生活的新紀元，也可能誘人走上一條充滿矛盾與悔恨的不歸路。唐幻在藍明身上經驗過劇烈的不堪，她也擔心揚未來可能的遭遇。

學生在春華園聚會的時間並不特別受限，只要是餐館開了門，他們便可隨時出入。揚和葛漢擬好了讀者投書的稿子，也不急著離開，隨性攀談了起來。

「你想想，兩百個士兵拒絕被送往越南，有個營裡百分之八十三的大兵抽大麻以痲痹在越南戰場上的恐怖經歷，很明顯，這場戰爭一開始就是個錯誤！」揚說。

「哪裡來的這些數字？」葛漢邊問邊推推像約翰藍濃一樣的圓眼鏡。

「你沒看報？」揚沒回答還反問一句，「信不信在二十世紀的美國還會有場內戰？」

「我媽建議，我們可以……」

「在紐澤西附近，也就是二十五個黑人被殺，上千人受傷的地方，第一次出現黑人游擊隊，政府派出幾千名警察跟士兵，直升機跟裝甲車也出籠，真是豈有此理！軍人是要保護國民，現在砲口卻瞄準他們，這世界瘋了！我真想去看看到底還會出什麼把戲。」

「你不去美國，你跟我一起到南部去。」在揚說個沒完之前，葛漢趕緊打斷他的談話。

揚被這一突來的說法猛敲一記，頓了頓才一連串提出問題：

「誰去？什麼時候？去哪裡？為什麼？」

「別急，別急。我爸媽要去義大利旅行，安迪自己在家，我們還可以約兩個人一起去，一整個禮拜在那裡逍遙遊。想想看，白色的雲，藍色的天。唉，真羨慕在原野上吃草的牛群。」

葛漢發覺自己的快攻奏效，也就徐徐地說著自己的嚮往。

「聽起來不錯。你想邀誰去？」

「男生我受夠了，比方說你那漂亮的女朋友跟……」

「跟我的上司。」揚立刻接腔。

「你是說你女朋友的……」

「沒錯，這麼一來，我可以多跟她練習中文。」

揚的機智，讓他頃刻間便找得到冠冕的理由。

「你就不能有時候把學習丟在一邊？」

「不行，做不到。中國的領導人說：青年們奮起吧，你們應該努力學習，大步向前，未來是屬於你們的……」

瑞士的春野永遠令人難以抗拒。無際平疇上黃澄澄的油菜花是綠草毯不可或缺的招風舞者，料峭空氣瀰漫於春醒的大地，住家陽台上、窗沿邊、花圃裡的多色花朵各自努力爭展姿容。玫瑰則還得等些時候。

玉蓮好不容易說服母親將餐廳關閉幾天，以便一同出遊。林關寶雖感訝異，卻也樂得有幾個閒日子可以打發。

唐幻第一次渡假，第一次享受在大自然裡伸展四肢的美好。玉蓮一路和男生們興奮地談笑，唐幻則安靜流覽火車外倒退的景物，腦子一片空白。揚邊說話邊窺覷唐幻的側顏，試圖感受她的內裡究竟有多麼深廣，他應如何挖掘眼前的寶藏。他故意提高聲調以引起她注意，她卻完全不在意也一眼都不瞧。不多時，揚覺得自己舉止實在幼稚，也就停止造作回復他的嚴肅與沈默。酥軟的陽光鬆弛唐幻的肉體解除她平日工作的緊張，不久便沈沈睡去。抬槓結束後玉蓮和葛漢去了餐車，正給揚一個將唐幻自頭至腳詳看細察的機會。

揚對於唐幻的過往完全無知，何事令她疲憊得連太陽艷照車廂也能安然熟睡？行過萬里的雙腿現在得以歇息，瑣事做盡的雙手現在得以安頓，她究竟有何心境能外顯在面容上有如希臘女神雕像般的高貴？

揚紛亂於風中的前額髮絲如混繞旋雜的思緒，他端詳這纖弱的女子良久，並做下了決定。

葛漢的弟弟安迪開車到火車站迎接四人小組。女人們逕自上車，男士則忙著安置行李。美好的天氣與風趣的遊伴讓唐幻有個難得的好心情享受輕鬆愉快的氣氛。她的生活似同一塊過度使用的抹布，偶而的見陽曝曬自有其必要。

盛載著愉悅與歡笑的車子駛進一座秀麗的小村，繞行在窄小的路面上。路的兩旁座落一棟棟精心修飾的木屋，無以計數的繽紛花朵被至於門前大缸裡、掛在廊下或攀爬於窗沿上石階旁。杳無人煙的蜿蜒小道如同被大雨刷洗過一般乾淨清新，有的人家將天竺葵植覆牛車輪上裝飾屋的外牆，鋪展樸拙的古趣。村子中心有座白色小教堂，葛漢的父母家就在距此約五十公尺處。

水晶般的村子棲息在阿爾卑斯山腳下，被陽光催暖的空氣沁入人的肌膚純淨甘美，似乎光靠這空氣便足以得到生存所需的養分。車子停下，一隻牧羊犬擺盪牠巨大的身軀越過纏遍植物的矮籬衝著客人跑來，玉蓮與唐幻顯得些許驚慌。安迪將大狗關回園子，牠不經意地踩過澆花器，跟球玩將起來。

女士們的房間小而舒適，只消一開窗，綿延的山巒立即搶入眼簾。一峰峰白雪覆頂霧嵐環繞的峻嶺連結至視野之外，無窮盡的阿爾卑斯山，令人汗顏於人類的微眇卻又企圖主宰世界。

五人一起上街購物之後便是男人烹煮女人賞花。唐幻與玉蓮蟄居瑞士經年還是第一次如此親炙大自然，陽光亮煦空氣卓越花草溫柔，人的神靈剔透。

為了親近冰山，他們驅車登高，彎曲迴旋的山道間，屏面矗立雄偉的雪嶺近在咫尺。玉蓮歡呼跳躍和男生賽跑，數次跌倒在巨冰上也不損他們髮膚於萬一。紅潤的雙唇細嫩的面頰彰顯青春容顏於千山萬壑之中，柔軟的身體活躍的筋骨提供忘情不羈的嬉戲。

唐幻獨自走到崖邊，俯視一條穿透山岩奔向無明的流水，谷底盛長不知名的植物，自有時間以來便生生死死兀自消長不與人共，曠遠深渺的景致令人心折。

揚的目光不能忘記追隨唐幻，第一次見她將長髮披散像　面迎風的帆，從身後見不到她的神情，美景當前的唐幻作何思想？這幾日，她笑得較多卻同樣話少。揚無時不注意她，她卻完全無視於他的存在。

有次，大夥兒到林子裡烤肉，覓得的樹枝卻因溽溼過重只產生嗆鼻的濃煙燃不起來。唐幻憶起幼時背負唐安蹲於灶前生火煮飯。她深深愛戀這種象徵歡樂家庭，在日落時分飄散在空氣裡家家戶戶炊煮木炭柴火的氣味。後來，林子裡烤肉的火苗是唐幻升起的。

他們想去游泳，唐幻不會。此外，她的身體現已全然屬於自己，在人前寬衣解帶已成過去。——我們去健行。——在唐幻想出其他活動之前，揚立即做了使她無法反駁的提議，他緊抓覬倖已久的機會，切盼能單獨與她同行。母親交給揚，玉蓮自然放心。於是一夥五個人分成兩小組，各自隨興出發。

唐幻安靜地走在揚身旁，像個乖巧的小女孩。雖是保持距離並行，他們之間好似兩極相斥的磁鐵，雖不緊緊相黏卻有股圓融飽滿的隱形力量在彼此間滾動牽扯。距纜車站不遠有個供奉耶穌聖像的小岩洞，洞前環有幾隻長凳，洞裡尚有未燃盡的蠟燭，洞外有著擎天鋼製的巨大十字架，架上有五小處以紅漆標示。

唐幻雖是自小參與廟祭長大，卻對十字架不感陌生。台灣老家對面的草地上偶有外國人帶來耶穌與瑪麗亞的畫像，他們以陌生的口音說著台灣話或日本語，講述精彩奇異的故事引人光怪聯想。故事內容雖早已不復記憶，瑪麗亞穿著的長衣卻是深印她腦海裡。物資貧乏的日本時代，並不阻礙夢想擁有如此一襲輕盈飄逸的長袍。唐幻對這座簡樸莊嚴的岩洞有著特殊好感。

「妳知道這五個紅點的意義嗎？」

揚見唐幻在洞前流連，順勢靠近說話。

唐幻輕輕搖頭。

「這是象徵耶穌受十字架刑。」揚簡短說明。

「十字架刑？」唐幻不解。

「他們把耶穌釘在十字架上，讓他自己死去。」

「把他釘上去？」

揚見她注意聆聽更是興緻勃勃地繼續說下去。

「以很長很粗的釘子把手和腳釘牢在架子上，這鋼條中間的紅點就是代表被矛刺穿的心。」揚更加詳細解釋。

「好殘忍。」唐幻淡淡評論。

「祂帶著全世界的罪過而死，所以人人景仰祂。」

「那些為受苦的百姓而死的呢？」唐幻不假思索地問。

這個不期然的問題讓揚震驚得無法作答。她到底想什麼？揚自問。這問題從何而來？為何這嬌小女子的抱怨竟是這般沈重？她究竟經歷了什麼，想控訴什麼？

唐幻含帶譴責意味的質問有如迎面飛來的石塊，令揚無法閃躲而遭重擊，他一路無語。到了纜車站，望著一長排空蕩、兩隻並列的纜車椅，揚猶豫地問唐幻：「妳害怕嗎？」

「我試試。」唐幻沒正面回答，先行一步。

揚買了票，他們並排就坐，只有一圈外圍的吊椅一下舉起緩緩上升。

第一次，揚坐得如許靠近唐幻。她的手安詳地睡在腿上，十指纖纖沒有裝飾。揚握緊拳頭，他必須以極大的自制力讓自己的手不至越界去碰觸她的手。唐幻讚嘆地看著參天的樹群，原是止水心情，卻被方才與揚的少許對話侵擾得漣漪四起。她對揚提出的問題何只問過千百回自己，而答案就只是飄在風裡。松鼠覓食林間，牛群將時光嚼逝，靜默的氛圍冉冉升起團團圈住若有所思若即若離的兩個人——如果世界就此停息！

不習慣在山裡健行自然容易感到疲累。陽光正烈，唐幻雙頰泛紅全身汗溼，方知平日的操勞還不是對體力太大的剝奪。中途小憩片刻，他們來到相當陡峭的一段。揚先下行兩步才轉身扶助唐幻登下遍佈雜草亂礫凹凸不平的窄小山路。握著她的手，碰觸著她的身體，揚感覺到生理的興奮。在火車裡暗下的決定挑撥他現在就應表達。

兩座巨岩阻隔成一次僅容一腳前踏的縫道，揚首先躍下回頭示意唐幻照做，就在揚接應她幾乎整個身體之後，突然將她推至岩邊狂野地熱吻起她來。他的舌在她的口裡不間斷的搜尋，似欲將她一口吞盡。這一連串在瞬間裡完成的動作是多少日子以來的積壓頓時找到宣洩的出口，揚以他的澎湃對唐幻示愛，萬鈞難擋。唐幻感覺到環繞著她，年輕強壯的手臂以及快速的心跳。她心疼而混亂，允許他像個被寵壞的孩子對自己盡做一切，不抵抗不阻擾。片刻，揚又突然間拉回自己，左手枕額右手用力打在嶙峋的山岩上，像個敗陣下來的孩子那樣切齒不甘，絕望而憤怒地說：「非常對不起。妳讓我瘋狂。錯全在妳。我已經無法再控制自己。讓我愛妳，唐幻，讓我愛妳。」一句一重搥，揚有著萬斤重的沮喪與懊惱。

唐幻懂得他，就像在那個遙遠的午後懂得藍明一樣。她輕輕握起揚滲著小小血珠的右手緊緊貼靠自己的臉頰。

從瑞士南部回蘇黎世後，生活如昔，外表上揚與唐幻對彼此仍舊保持距離，內心卻已不再平靜。曾經掠過唐幻心頭又不曾嚴肅對待的問題終究還是發生，她不明白究竟自己也愛著這個年輕人或只是對藍明愛的轉移。一直以來，她保留空白時間以便進入彼岸與藍明相遇。現在每當揚從餐館離開，她不再回到自己構築的天地。祕密國度仍在，藍明身處何方？在她私人世界之內，之外？

愛揚，便不忠於藍明，這自是她萬般不容的錯誤。若揚是復活的藍明，她是否就更應把握這突然闖入她生活的男孩？

揚是藍明？若否，為何他又這般引領她作如是想？若是，對揚又是多麼不公平，因他只是她所愛人的投影而已。

萬端經緯交叉穿織的愁苦情緒令唐幻紛亂無法思考。

原本揚不懂得害怕，現在他卻必須面對背叛玉蓮的尷尬。玉蓮承襲母親的美麗與堅毅只是少了那特有的輕柔。他多希望自己是隻膩人的貓，永久在唐幻懷裡鑽纏溫存。客觀環境阻止任何一步的行動，揚不曾如此無計可施。將爆未爆的情緒也唯有瘋狂讀書才能稍稍轉移。他的房裡掛有一幅從中國月曆裁下來的畫。畫裡有遠山，山上是炙紅的社會主義朝陽，前景是批青年跨馬而來，最前端則是意氣風發的領導人手握一面飄揚著驕傲與不敗的紅旗。畫中透露的英雄氣概與桀傲不馴令他與有榮焉。許多人乖順保守地活了又死去，如同海邊突顯突逝的浪花，歷史上有極少的人，牛氣蓬勃冒險挺進，可能因此而遭受傷害，總是如同黑夜裡的明星，縱使被人遺忘，畢竟真正閃耀過。這畫鼓勵揚成為穹蒼中的一顆星。而他對唐幻的愛，即使全世界向他說不也決不放棄。他耐心地等著她。

秘密被刻意隱藏得極為完善，似乎無人能透見揚與唐幻的轉變。日子雖流逝如昔，毫無漣波也算不得是人間。

一天，玉蓮突然在工作時病倒。亞勒曼太太來電，說是玉蓮腹痛劇烈，不應單獨返家，希望唐幻能前來文具店一趟。唐幻難過心急，這些日子她無意間疏忽了玉蓮，和揚之間的曖昧令她無法專心日常。唐幻到達後，亞勒曼太太立即打電話招來一部計程車，唐幻陪著玉蓮快速就醫。她將女兒的急性盲腸炎當成是老天對自己的責罰。她自羞自慚，揚畢竟是玉蓮的男友！

靠著淑英、揚，以及在春華園打工太太的輪番幫忙，唐幻才能在玉蓮住院期間，時時前去探視。一間原可容納四人的病房，只有玉蓮和另一老太太住著，餘出來的空間讓唐幻能儘久陪伴女兒。

「真對不起，媽媽，我讓妳操心了。」玉蓮看著母親為她焦急於心不忍。

不，孩子，是我的過失，全是我的錯，唐幻在心裡自語。

「妳別擔心，我很快就可以出院，只是有件事想請妳幫忙。」

玉蓮內心似乎被一件比自己生病更重要的事所盤據，唐幻當然專注傾聽。

「妳能不能找出為什麼揚變得不太一樣，變得悶悶不樂對我沒有耐心的原因，我真不知道自己做錯了什麼。」

玉蓮的表白讓唐幻驚訝於女兒所感覺出來的端倪，她內疚如刀剮。我美麗無辜的孩子，她在心裡吶喊。我才是禍首，才是使揚改變的真正原因。是我讓妳痛苦讓妳失望，是我讓妳的戀情像在強風中的紙鳶高低竄飛無法掌握。

唐幻不敢想像，如果玉蓮知悉自己的情敵竟是最親近的母親會有何反應！她會鄙視揚唾棄唐幻，像所有人那般？

玉蓮住院幾天後，揚和唐幻不約而同來探望她。由於各懷心事，玉蓮的情況也逐漸好轉，與其一場無謂的表面尷尬，不如早早各自收拾心情。

揚有意和唐幻穿過公園步行回餐館，這是渡假後第一個他倆單獨一起的機會。他們出了醫院，並肩而行卻欲言又止。揚有無數心裡話向唐幻傾吐，只是不開口，明知說出無益。他清楚眼前的阻礙卻拒絕面對，他把握和唐幻相處的每一時刻不願受到無解問題的干擾。

他們慢步前行，沿途的錦簇花團絲毫不引起注意。突然間，唐幻的手被握住，她微顫欲抽回，卻被大而有力的手掌鉗得更緊。揚感覺到她的輕恐卻不知內在緣由。唐幻不安，是因當年藍明也曾如此毫無徵兆地握住她的手。

台北 1946

是日本結束對台殖民的第二年，台灣的政治卻一路走得搖晃顛簸。迎接新政權的熱烈心情，被現實生活中明顯的不義迅速澆熄。藍明及其友朋，原是興致高昂地向唐幻學習北京語，近兩次上課，氣氛卻起了變化，內容也有了轉折。

一個躁熱的晚上，藍明送唐幻回家。方才在他房裡，男生們對於領導台灣的中國新政府討論相當激烈，人人存疑，不相信政府有心為民。唐幻靜聽，心緒被感染得陰霾沈重。出了門，月光明亮輕和映照在這對儷人身上，他們走在曾發生雙方赴約卻不相遇的道明街。唐幻的長裙在夜風裡款款擺盪。藍明知道這不是最適當的時候，卻不願把已準備多時的打算無期拖延。

當他突然握住她的手，她也不掙脫，彷彿佇立已久的等待終於尋得了方向的帶領，隱約明白是個婚約的訊息。牽手的台語意義是妻子，年輕的唐幻對婚姻生活有著美好的憧憬。這一時刻她早已悄悄殷盼，沒料到發生時仍顯得如許突兀而驚心。她羞怯得沒敢正視藍明，只將臉輕輕右側，讓無邊的幸福充塞胸臆。

「我第一次見到妳時就深深被妳吸引。第二次在店裡看到妳，覺得妳就像一朵純潔清香的蓮花，當時就知道，沒有任何事情可以把我們分開。」

藍明說得真摯。這是他第一次對唐幻表明心跡。

「暑假時我會回家把我們的事告訴我爸爸。我可以這樣做嗎，唐幻？我保證，我們一定會有幸福的生活。」

藍明深情地望向唐幻，她只是把頭垂得更低。

唐幻銘感得無法言語，靜默並不意味她的反對，只是羞怯，藍明應當了解。此刻的她，甚至已經想像在家養小孩，準備熱騰騰的晚餐等待藍明的歸來。

一切似乎是那麼理所當然，那麼自在天成。藍明與唐幻命定要常相守，不論形式，不計時間地永世結褵。

暑假一過，藍明立即從南部故鄉回到台北，為了準備功課，更為了能早些見到唐幻，當然和其他伙伴從事的工作也少不了他的參與。

那天，藍明在實驗室的研究可能耽擱些時間，也事先告知唐幻可在他房裡稍微等候。唐幻到達時發覺門半掩著。或許楊克立早點下課先行返家，她自忖。推開門，卻不期然看到一個臉部上妝的女人坐在藍明桌旁。兩名女子驚訝地彼此對望，顯然沒料到此時此刻會在此地見到對方。

女人反應較快，冷冷地說：「如果我沒猜錯的話，你就是那個頂頂有名的唐幻吧。」

陌生女子燙有時髦的捲髮，穿著一件合身的白色洋裝，腰部緊繫一條紅腰帶，將其個性彰顯無遺，而腳上那雙紅白相間的高跟涼鞋也立即透露她的家庭背景，一般人家很難有如此穿著整套的排場。

「妳請坐。」女人讓出位置。近旁雖有另把空椅，她卻坐到藍明床上去。

「我叫麗萍，藍明的未婚妻。」

女人的坦白把唐幻震得忘了就坐。

「我是有事來找他商量，既然妳在場，我也可以先跟妳談。」

唐幻立刻明白，麗萍找藍明其實與她自己有關。——麗萍準備和藍明商量的也就是現在她要對我說的。如果她是藍明的未婚妻，我又是誰？難道藍明不久前對我求婚只是笑話一則？他為什麼騙我？或者就像媽所講的，有錢男人就有辦法娶妻納妾，我只是其中之一？……唐幻愈想愈惱怒。她對自己提出的疑問以及一心想知道眼前的女人會有何說辭的焦躁，令她極度不安。

「我是藍明的遠房表妹，」

麗萍將唐幻自頭至腳苛刻地打量一回，立即儲備妥當攻堅所需的快刀利刃。

「小時候雙方家長就已經確定了這樁婚事，我們計畫畢業後一起到日本深造。上個禮拜聽我媽說，藍明現在有個新戀人而且非她不娶。」

唐幻緊張得手心出汗，訊息已夠清楚，麗萍要她放棄藍明。

「我承認，妳是很漂亮，藍明的眼光不錯，可是妳要知道，做藍明的太太不是那麼容易，必須能夠周旋在關係複雜的大家庭裡。而妳，恕我說句真話，我不認為妳有這份能耐，妳只會給藍明帶來麻煩。還有，」麗萍頓了頓，揚了揚修飾過的細眉，「以他的家世來看，他爸媽是不是願意接受妳的家庭還是個大問題。我已經實話實說了，妳應該考慮考慮，這個婚姻到底會不會幸福，藍明的一輩子是不是就這麼被毀了。」

麗萍的一字一句以迅雷的速度強灌至唐幻耳裡，全是早已預謀的羞辱。唐幻震驚於如此毫無遮掩的褻瀆，她是來找藍明，不是來受辱，她轉身就走，急著回家，回到她純樸而有尊嚴的家。

沒錯，唐幻的家庭在台灣顯得不尋常。父親幼時生了場導致聾啞大病之後，也沒得好好上幾天學。長成了小夥子，不過四處做零活裹腹。母親卓慧民曾在北京一個官宦人家當俾女，她從鄉下到城裏好不容易謀得一職，安頓了心，做起事來手腳更不得閑。唐幻父母親的彼此認識，哪有那些有頭臉人家為子女的匹配那般順當。這些上一輩的故事都是唐幻母女倆共理家務時，有一搭沒一搭地陸續被拼湊出個原形：

遙遠的那年，春天料峭。有天清晨卓慧民照例要到柴房取來一天的用量。這家的二少覬覦她已久，恰巧醉意仍濃地返家，為了避開在正廳的父母，選擇由側門進入，正好瞥見剛踏入柴房的卓氏，於是歹念升起，尾隨而至。

聾啞的唐慶是被雇用修築大宅子後園的長工，一大早便到雇主家勞動。他在擔取磚塊時注意到柴房木板窗內晃動的人影，立即入內探查。當時，二少正企圖非禮那頑強抵抗的卓慧民，唐慶一驚，順勢拾起木條朝淫慾衝頂的二少頭上猛敲一記，那人立即應聲倒地不起。眼見闖下大禍，唐慶只得攜同卓氏立刻逃離現場。

官家像個王國豈能被小民所欺，誰敢臨門挑釁必引來爭鬥，何況那二少吃了扎實的一棍，可能傷得不輕。唐慶與卓慧民心裡清楚，繼續留在北京有著潛在的危險，便決定往南逃亡。在福建時，他們聽說日本殖民的台灣工業發達，便雙雙來到這小島謀生。

一開始兩人均未在工廠謀得一職，唐慶只得背起木箱木椅穿越大街小巷給人剃頭維生，成為唐太太的卓氏正懷著唐幻，只好做著靜態裁布逢衣的活兒。過了兩年，唐慶偶然在路邊幫了一名騎車摔下跌斷手臂的日籍自行車工廠負責人就醫，為了酬謝，唐慶被安排進入工廠就職並學得一計之長，也使得日後有能力以修車維持生活。

出自如此一簡樸的家庭，唐幻自是無法立即釐清藍明家族三四十人的個別稱謂，又如何記得繁多的生辰忌日，更遑論奉承妯娌姑嫂以免她們非言非語讓婆婆無緣無由地找碴。這個突然出現的表妹說得很是，嫁入如此一個大家族挑戰甚大，讓藍明因著她斷絕與家裡的關係也大概不可能。是唐幻阻擾了麗萍的婚事，還是麗萍阻擾了她？

時空乖隔，二十年後的唐幻竟是在千里外的蘇黎世城中，在極短的時間裡，忽地憶起這段錐心往事。而現在的揚呢？他的牽手唐幻也是某種特殊的象徵？也會像藍明一般有所承諾？

揚緊握著唐幻的手，不說一句話。他一反平日的清醒與聰穎，唐幻令他迷戀不已。這個有著良好教養，像嬰兒一般柔軟髮絲輕覆前額的年輕男子，正步入一個以一己之力無法走出的迷宮。

唐幻呢？是她阻擾了玉蓮的愛，還是女兒阻擾了她？

CHAPTER 6

蘇黎世 1967

人人都已進入夢鄉。睡眠是人們集體從地球上消失的神祕現象。這街原本就少有車子來往，某家有訪客了，才看得到陌生車輛停駐兩旁。夜深，房子靜默地站在漆黑裡，稀稀落落地只亮著些盞花園的燈。蘇城市郊的這一區住著相當富有的人家，宴客慶生既要講究排場又怕招惹閒話。這些人往往只注意身邊瑣事，不是比較哪個牌子的洗碗精能把水晶杯洗得剔透，就是研究未來一個月的股市走向，對於不認識不了解的一切習慣以批評或不屑的態度對待。

揚的家就座落在這山腰上，社區道路修築得平整無瑕，每家的花園設計，絕對是園藝專業雜誌獵影的對象。揚自小在此長大，卻不真正認識幾個人，鄰居們鮮少見面，自然是因為不願彼此被探聽受干擾。

揚累了，學校課業、同學間的活動及餐館的工作全集中在一天，令他極為疲乏。他趕上了最後一班電車，在最後一站下車後再跨上自行車氣喘吁吁地上坡回家。轉彎處，他看見家裡客廳的燈還燃著，立刻將車速減慢。即使揚再不願意，家總是要回，他將車停在前園石板上，為了會立刻遇上父親而躊躇。當他緩步登上象牙白台階，推開厚重的雕花大門，走入舖有柔軟地毯的客廳，才知道父親並非單獨在家。

「這怎麼可能！妳什麼時候回來的？不是在電話裡說兩個禮拜後才會結束巡迴演奏嗎？」

「沒錯，兒子。可是我太想念瑞士了，想念乳酪鍋，想念你們，尤其特別想你，揚，所以就提早回來了。」

凱琳好高興見到兒子，擁抱他親吻他拉他坐在寬人舒適的白皮沙發上，並遞給他一杯由馬可斟上的紅酒。

「讓我好好看看你，兒子，你永遠是我最俊美的寶貝。」

凱琳剛抵家不久，她身上永遠積蓄著豐沛的精力與熱情，看見兒子尤其要活潑生動起來。

「瞧你，高大挺拔有如參天的白楊樹，傲慢如雄獅，獨斷而毫不妥協有如，有如…… 你覺得像什麼，馬可？」凱琳微笑著看著丈夫。

馬可半倚在棗紅色的酒櫃旁，只是聳聳肩，不知如何答腔。

「你看看，你只懂得你病人的心，你兒子的心卻一點也不了解。」凱琳說著又回看兒子，「你不妥協就像…… 阿爾卑斯山，對了，像阿爾卑斯山。來，祝你健康。」

凱琳與兒子舉杯互碰，各啜飲了一小口。

「最近如何？不要說，不要說，讓我猜猜。你過得不錯，身體健康，只是跟女孩子有點問題，怎麼樣，我說得沒錯吧。」

母親的問題讓揚感到小小驚訝，他尷尬地笑笑。

「他是跟自己有問題。」父親看著揚，不帶情緒地說，「你們在公園的南門入口忙些什麼？」

「我不懂你的意思，馬可。」凱琳問。

「我從醫院回來，開車經過公園時，看到他跟其他人不曉得在看板上釘什麼。」馬可回答。

揚和朋友舉辦兩場演講，題目分別是「中國文化革命」及「傳統與現代」。十張大海報上詳載時間地點及演講者姓名，張貼在大學附近學生常光顧的地方。咖啡店旁，理髮廳裡，甚至掛在大夥兒常去喝啤酒射飛鏢小酒店中間的大燈下。此外，工地鷹架，公園入口等等，能找的都找能用的都用了，沒有自己的活動場所是學生們最感困擾的問題，他們迫切希望有房子、有廳堂能讓他們自治管理，能隨心所欲談論政治批評時事而不受到學校干擾。

凱琳擔心地說。

「你還在那個團體裡嗎，揚？千萬不要走極端，我在美國時就聽說有人因此坐牢，你可要小心吶。」

「不會，媽，妳想得太遠了，我們只是去掛海報而已。」

「毒品呢？你可千萬碰不得，否則這輩子就完了。」

「妳想到哪裡去了。那些是小孩子的玩意，我們必須隨時保持清醒。」

「是啊，保持清醒，才好被騙，才好上當。」馬可諷刺地說。

如此說話的語氣不是他的本意，掛心兒子讓馬可口不擇言。揚本想反嘴，為了不讓剛返家的母親不悅只好打消念頭。揚與父親的關係白熱化得幾乎不能平心對談。

「你桌上的東西就只是種意識形態，全是不切實際的理論。」

馬可見揚不回應，故意不改變話題。他始終找不到與兒子談話的機會，擔心他走入歧路回首已太遲。

「我早說過，請你不要進到我房間去。」

揚對父親擅自進入他房間感到不滿。

「因為我不相信我兒子在離家之前會記得關上窗子。」

馬可說得字字緩慢沈重故意讓揚感到愧疚。

「你們怎麼了？揚，你去睡吧，明天見。」

凱琳見氣氛不對，催兒子上床。揚迅速從沙發立起，轉身即走。

「你用不著這麼跟他說話，他也不小了。」

「如果他不再是小孩子，做事就得要有大人樣。」

上樓時，揚聽到父母在身後的談話回應在長廊裏。

房間的窗子是閉著的，是否他真的忘了關窗就出門已不記得。和父親的敵對狀態並非他所願。在房裡，就在他所站的地板上，揚曾和父親一塊玩過許許多多的遊戲及精彩的電動火車。當年的父親對他有多大耐心啊！他們一同以小螺絲起子，一塊塊緩慢而確切地銜接鐵軌。有時父親從開刀房返家，累得只想看看火車的繞行，否則他們會一道開車進城買新車廂新軌道，並共同商量如何繼續擴充他們的火車之旅。他們一段段接長直到整個地板上幾乎沒有落腳的空間，才一同驕傲地看著一列小火車穿過山洞，越過長橋，迤邐過大片草原，來到雄偉的火車總站。

有次揚和父母在南德旅途中看到童話般的古堡，回家後便執意要自己蓋座同樣的堡壘。揚選擇在二樓長廊上建構他的王國，將各式不同形狀色彩的木塊從大籃子裡拿出，盡其所能搭蓋心目中美麗宏偉的建築。只可惜，無論花費多少時間多少努力，他的城堡看起來就是不如記憶裡沐浴在夕陽中的那般巍峨與金碧輝煌。揚氣得一腳把企圖將虛幻化為事實的半完成作品踢倒，對自己極為不滿。父親將他擁入懷裡，邊說故事邊安慰他，這種難過的時刻，母親在琴房的音樂往往只是背景的陪襯。揚的童年歲月，父親比母親重要得多。時光悄然流逝，事事已不如當年。不知始自何時，他和父親的關係變得如此不堪，鴻溝距離如此之大。不只是思想上南北乖隔，揚鄙視資本主義的態度更出父親的生活得到印證得以加強。

馬可是享譽蘇黎世的心臟權威，人人在生活中所夢想的他已擁有，甚至還多。工作的忙碌使他除了與自己有關的事物之外全不感興趣，危及他富庶的，全盤否定。

有次父子倆同時在起居室觀看電視上討論來自希臘勞工的問題。達爾他鋼鐵公司負責人抱怨，每當外籍勞工學會技術後就已到了應該返國的時間，瑞士的工廠如同外國人的技術訓練中心，不但提供他們免費學習，最後還可帶著薪資及技術離開。他認為政府應延長外籍勞工停留的時間，以便他們能將所學回饋瑞士社會。

「我贊成，」馬可捶了下搖椅扶手，「他們不能只張開嘴巴等著被餵，他們得做事！」

「你說什麼，爸，他們也是人啊。他們不是自己來的，是我們請來的。」

「雖然是我們請來的，他們大可拒絕……好吧，我們的確是人力不足，不過只讓一些專佔便宜的人進來，實在是個大笑話。」

「他們是合理合法進到瑞士，他們來是為改善生活，道理很簡單。本來世界財富就是要平均分配才……」

「你懂什麼叫財富，」馬可打斷揚的談話，「你到目前為止賺過一塊錢瑞朗沒有？在我面前你完全沒有資格談財富。你還只是個大學生，根本不懂在你能把錢放進自己口袋之前必須有多少的努力！財富不是白白從天上掉下來的，瑞士人經過多少年辛勤工作，才有現在這番局面，如果有人不事生產只想佔便宜是絕對不公平的。」

馬可深皺眉頭，對於揚的說法極為不悅。

「瑞士可以幫助別的國家……」

「別再喊口號了，你根本已經被社會主義論調嚴重洗腦。你的那些書全都可以扔掉，那些作者自己什麼都不做，讀者都是他們的實驗白老鼠。」馬可氣得從搖椅上立起。

「你自己沒看過這些書怎麼可以亂下評斷。」揚說得愈來愈大聲。

「我不需要看那些東西，我只要看你就知道裡面全胡扯些什麼！」

「我再也受不了你的資本主義傲慢。」揚突然站起企圖離開。

「回來，你不可以這樣對我說話，聽到沒有，你給我回來！」馬可大喊。

揚留下氣急敗壞的父親大步上樓。

他遺憾自己的父親因著財富的追求而失去人性裡美好的素質，也懷疑財富與美好素質是否真的必須如此矛盾。難道兩善不能並存？難道善惡同體才是自然，才能解釋人類為打擊惡而必須永遠奮鬥不休的宿命？他明白未來的工作並不容易。嘗試，嘗試著做總是錯不了，即使是看不到立即的成效。揚對自己的理念深信不移，慶幸自己擁有如此，不怕別人借了不還，盜了也永不喪失的無形資產。反對的聲音愈大，他愈覺得自己行為的正確性。

唐幻難得有心情一本本翻閱著玉蓮帶回來的雜誌。菲力格牌香煙的廣告引起她的注意：登山者、在舒適客廳裡看報的人、工地的工程師、神清氣爽的玩牌者、火車旅客、辦公室裡聽電話的主管等等，成功的男人全抽菲力格香煙便是這一系列廣告所透露的訊息。瑞士蓮巧克力是以穿著十八世紀服裝的一對男女為主角，男人手持巧克力正欲送給穿戴華麗臉露微笑的女人，意味著傳統與高貴。柯達相機則佔據整張紙面，一個著西裝戴領結的小男孩在一片綠地上拉奏小提琴，抽著雪茄的爺爺在一旁驕傲聆聽。此外尚有許多有關吸塵器、咖啡、縫紉機及東方地毯的廣告。唐幻把這些雜誌翻了一遍又一遍，驚訝於自己所處的社會竟是這般富裕，她在故鄉的家人朋友無論下多少苦心花費多少努力也不可能賺得這些物品，他們也絕不相信有這麼個物資豐沛的國家存在，因為如此的存在純粹在想像之外。

一本服裝雜誌的最後一頁，有個年約七歲的小女孩穿著一件滾有白圓領的紅襯衫，白裙白襪及一雙紅鞋。多可愛的娃兒，多清新的搭配！看著碧眼金髮全身圓溜爽淨的孩子，唐幻不得不想起自己的女兒。——跟著我這個母親，玉蓮有個不快樂的童年。唐幻一下子又掉回過往的漩渦，憶起那不曾有過的婚姻。——要是當初我真的成了藍明的妻，玉蓮會怎麼穿著？

翻閱著雜誌的唐幻不期然記憶起，藍明對於出現在他房裡的麗萍表妹滿心不悅，特別是她對唐幻的傷害更成了藍明不願再見她的最重要原因。藍明從來就不承認在他懂事之前雙方父母私下決定非出於他自願的婚約。至於是否赴日深造，他還要和唐幻商議，麗萍不應在這件事上攪和更沒資格干涉。他清楚表態，日後要自己開業不可能跟家裡同住，事實上家人也早已習慣他的叛逆性子，有些時候只要他不在場反而可避掉被他質問得不知如何答覆的窘況。藍明誠摯解釋，唐幻雖已釋懷，婚禮仍是不曾舉行。老天為人安排一切，也安排不幸。

正當唐幻被過往環繞，就要痴了過去，淑英恰巧出現。這位時髦的女友穿著一件粉紅開司米爾毛衣及一條白色窄管褲，高細的鞋跟正好配合她特地修飾的細眉，珍珠耳環項鍊是丈夫送她的生日禮物。今天她梳了個高聳又稍稍後頃Vogue雜誌上的髮型，像陣風輕快地踏入春華園。

「猜猜看我在街上看到了什麼？」

淑英把皮包擱一旁跟唐幻要了杯茶，便說開了來。

「一齣話劇。」沒等唐幻開口她自己便給了答案。「學生示威反對警察，旁邊就有街頭劇。內容是一個警察在人民法庭受審，觀眾可以參審，可以表達自己的意見。」

「交通呢？」唐幻問。

「這次沒問題，示威是在廣場上，街道暢行無阻。」

唐幻注意到，最近橋上街頭都可看到「政客會操縱，學生會思考」、「把新蘇黎世日報丟進抽水馬桶」、「與柏林巴黎共患難」等等有著挑釁意味的大海報。

「這些學生撐飽了肚子沒事幹，」淑英嘲諷地說，「大家生活都挺好的，真搞不懂他們緊張些什麼。這事在中國還有話說，在蘇黎世啊……」

淑英搖搖頭不打算說下去。她看起來臉色不對，似乎心裡擱有問題，後來索性不說話一個人喝悶茶。

唐幻倒贊同淑英對學生問題的看法，有次她在地下室聽到揚的夥伴說：「群眾應該知道自己正遭到政府及社會秩序的壓迫。」

唐幻心想，這些年輕人如何懂得壓迫真正的含意？若身處二十年前的台灣，他們不吵翻天？

台北 1946

當時台灣的變動不僅在政治高層，升斗小民的尋常生活也受到波及，就連唐家所住的那條街也不再如同以往那般平靜。

自從雪子的父母帶著她的骨灰返日之後，那棟令這一帶民眾羨煞的洋房也就成了空屋。然而過不多久，家家戶戶便耳語相告，說是洋房裡住進了操著一口難懂方言的新主人。

這人出現得極為離奇，沒人見他住進，很可能是夜裡拎著簡單行李入屋，第二天早晨便以新屋主的身分在前庭大樹下伸展筋骨又抽煙，似乎同時需要新鮮空氣及尼古丁。這人不但來路不明，他的訪客也看起來異於常人。

殖民時期戶口普查確切詳實，光復後，許多規則變得模糊不清人人過得不安寧。自稱林關寶的陌生人，時有乘黑轎車而來的訪客，他們戴寬邊帽及墨鏡，似乎不願被看清真面貌。林關寶本人的職業也成迷，若有人問起，他只略略回答是胡亂做個小生意。他的外表並不討喜，身材矮壯，五官看似在傳統戲劇專演壞痞子的角色。他對鄰人倒是招呼得親切，只是人們有意無意與他保持距離。有時他無來由地消失三兩日，有時又無所事事整日在街上閒逛，或到廟庭與老人聊天和孩童玩耍。

林關寶常到唐家走動，不是有車要修而是別有企圖。唐慶樂得有人不嫌棄他的聾啞願意跟他辛苦筆談，並不時有免費的香煙可抽。他的修車生意一落千丈，經濟不好小生意尤其受影響。通貨膨漲直接威脅小市民，維持生活的收入減少，更遑論有餘錢修車。糖米油及日常用品的價錢高漲數倍，主婦購物總是心慌，今日一斤的米價明日可能只購得著兩百克。新政府令人失望，原以為殖民時代結束可大力建設新台灣的期待，全被行賄腐敗所引起的公憤所取代。

坊間彌漫著的一股不確定感當然迅速攫獲了年輕人易感的心。幾位惶惑的高校學生雖仍聚集在藍明和楊克立合租的房間裏，準備上北京話的課，卻已不像先前那般帶勁。

「這實在是個大笑話，提起來更是難過。」藍明沈重地說，「台灣是米糖王國，現在卻變得既缺米又缺糖。產量相同，市場上不是沒貨就是價錢過高，一般人根本買不起。問題很明顯出在產銷之間的管道。」

「再深入一看就知道是怎麼回事。那些唐山來的專走酒吧間，黑頭車載著他們到處跑，酒肉女人樣樣不缺，全是投機份子。」高田一臉不屑。

「沒錯，他們全居高位，有些台灣不肖商人在農地便宜買進後全集中起來，這就可以解釋為什麼市場上缺貨，然後跟那些外省仔串通運往內陸，要不就是囤積到價錢提高才慢慢讓存貨流入市場。」

楊克立的分析引起唐幻的注意而想起那個她連瞧都不瞧一眼，來自香港的新鄰居。尤其厭惡他看她時那種毫不避諱，大膽而沒遮攔的目光。有次唐安病了，家裡已沒什麼存糧，林關寶可能聽到吳太太的饒舌，帶了兩袋米及六個蛋給母親。這些是極好的救急禮物，母親卻躊躇著不敢接受。

「唐太太，」林關寶刻意緩聲和氣，笑得諂媚而不見眼珠子，「妳應該收下這些小東西，為唐安好嘛。他還小，特別是現在生病期間更需要充足的營養。妳大概也聽說過吧，戰後不久南部流行瘧疾，曾經有一家死了六口人，太可怕了！」

母親聽了心焦，想到躺在床上不再活躍衝撞的兒子，雖勉強接受饋贈，總希望以後能夠不要再欠人情。窮人家欠債在人前總是抬不起頭來。

生活單純的唐幻當然不明白神出鬼沒的林關寶哪來金錢，還能致贈口糧。他與神祕訪客間的關係為何，是唐幻的第二個疑問。他獨自生活怎會需要二層樓房，是第三個疑問。雖沒有蹊蹺可議，根據藍明與夥伴們的分析，林關寶有可能是名投機份子。唐幻如是自忖，卻也沒敢明講。

事實上，林關寶專事走私香煙。他的貨均從香港運至基隆，到達後先分批裝上小船，才在稀有人煙的海岸取貨。報關單上一切合法，簽名蓋章造假如真。貨被分批載走後，原來運貨的船隻立即改頭換面成了高級餐廳。上等牛肉稀有紅酒及各式珍饈滿滿上桌，此外漂漂亮亮的一疊現金也從走私者大方地流向海關人員。

投機客嗅覺靈巧如狗專跟著紅肉走。政權交替期，所有的不可能都成了可能。無農藥可撒的田，莠草害蟲便會長滿地。林關寶及其他犯罪團體或個人深諳時務，先於中國官員來到台灣島淘金。林關寶更不愧為欺賭行家，誰會料到在一個樸靜的住宅區竟然人神不察地藏有一煙庫！

有人起了頭，其他人陸續接腔，學不學北京話已不再那麼重要。

「不曉得你們是否碰過這種事，」劉邦國正打算談談他的經驗，「有一次我把腳踏車放在郵局門旁就進去了，出來時剛好看到一個兵仔正要把我的車騎走，想要阻止，已經來不及，日本人還在的時候根本不可能發生這種事。」

「還有更可惡的。我在火車上看到一群中國兵，大概有七八個。制服又髒又舊，講話又大聲又粗魯，其他乘客也都皺著眉頭敢怒不敢言。查票員要他們拿票出來檢查時，其中一個說：誰規定我們要買票？另一個馬上掏出手槍就對著查票員的太陽穴，其他的笑成一團。你們猜，最後他們是怎麼下車的？像一群潑猴，全都從窗子跳出去。還有，我哥哥說，有個兵買了五十塊錢的東西，卻逼老闆要開張一百塊的收據。一小時後他跟另一個人帶著東西回到店裡，說是品質不好要退貨，老闆還得根據那張收據還給他一百塊錢！」

「這讓我想起另一個類似的情況。有個兵死了，隊上買了一口棺材，第二天他們把棺材抬回去要錢退貨。原來他們只把死者放進棺裡運走，卻沒把他跟棺木同葬。真是豈有此理！」

「我在高雄也碰到一些。」許久沒開口的藍明接著說，「有時會看到三五成群的士兵穿著邋遢的軍服到處閒逛。或許從沒看過寬廣乾淨的街道以及有禮貌的人們，一開始都還有點害羞，後來大概是受了長官壞行為的影響也愈來愈放肆，到處佔便宜。比方說他們很喜歡照相，有的人拿了相片不付錢，硬說是相館沒把他們拍好不應該拿錢。我們的法令規章全被他們踩在地上！」

「我看將來還有的拼了。我們要為台灣人出一口氣，很不容易。」

高田說得沮喪，沈悶氣氛感染了其他人，個個搖頭垂首，不再發言。

唐幻從未生活得如此不確定，更不了解為民眾所期待新的治理階層如何將台灣推入混亂境地。有人只能選擇沈默，有人頑強抵抗誓死不屈，有人隨波逐流取巧豪奪。色盤上多樣的色彩令人欣喜，社會上繁複的人性與作為，卻讓人頻頻奔走疲於招架。年輕的唐幻對於不義的種種也只能憤怒無力地默然接受。

「狗走了，豬來了。」有次藍明在回家的路上對唐幻這麼說。

有些士兵壯著自己帶有槍械胡作非為強暴婦女，近乎癱瘓的法警系統讓犯罪的不會受罰。天暗時藍明執意要陪唐幻回家，總要看著她進了屋才放心。

「什麼意思？」唐幻不解豬狗的比喻。

「狗是指日本人，他們像兇惡的狼犬吃咬壓迫台灣人。豬是指新從大陸來的，又髒又懶，光吃不做。貪污是骯髒，光吃飯不做事是指，他們只拿好處卻不負責任。誰上車不買票不排隊？誰在禁止吸菸牌子前大口吸菸？誰跟交通警察吵架？現在中國治理台灣，誰不按規矩辦事？是他們自己！」藍明嘆口氣又繼續說，「我們本來是魚米之鄉，有能力養活自己。現在民生必需品都到哪裡去了？我叔叔說得對，以前日本人把我們的物資運到大陸，加強和中國的對抗。現在執政的也把我們的物資運到大陸，加強和共產黨爭奪大中國的實力。大家只會利用台灣，沒人真正有心為台灣好。」

「但並不是每個唐山來的都壞。」唐幻輕聲反駁，想到父母的來處，自己也算是其中之一。

「妳說得對，那些投機份子也有一部份是台灣人自己。大陸來的那一套讓人性邪惡的一面有發展的機會，殖民期，這些全被嚴格的法令制止，秩序是最要緊的。共產或許是個解決的辦法，在這制度下大家都一樣。」

「這個我不懂。」唐幻說。

「我會給妳幾本叔叔從上海帶回來的書，妳一定也會著迷。每次我想到國民黨剝削我們以對抗共產黨就生氣，舉個例，如果楊克立為了得到妳，奪走我的生活所需和高田對抗，妳想想，這怎麼說得過去！」

這個勉強的例子窘了唐幻一下，她明白藍明的心。

組織機關裡的重要職位大多已被新到的外省人佔據，他們自己就是律法。唐安有次看到一個中國警察將一路人的木屐踢進水溝還命他當街下跪。

「這人沒做錯什麼，還很守規矩地走在路邊。」

唐幻把此事告訴藍明，不明白路人錯在何處。

「他當然錯了，他不應該穿日本人的木屐讓人看了不舒服！」藍明嘲諷地解釋，「日本跟中國打了八年的仗，是中國最大的敵人，我們台灣人被日本統治了五十年，尤其在殖民後期被強烈日本化，這事妳也知道，我們愈像日本人得到的酬勞就愈大。現在這些新來的有武器，我們只有挨打的份。很多人故意穿得有日本風味，就是要氣氣那些不守法律規章破壞社會秩序的人。」

唐幻突然感到大陸人與台灣人開始憎恨彼此的可怕。同樣一片土地如何營育相互仇視的兩個族群？藍明察覺，或許自己將積壓的不滿一次傾吐過多引起唐幻憂心，只要她一悶悶不樂，他便要覺得心疼。時局不變，他連自己的生活都已不太能掌握又如何許給她一個未來。高失業率令人憂心忡忡，從大陸或南洋回來的台籍日本兵不是被冠以漢奸之名就是被視為和共產黨有所勾結，幾乎全部失業。知識份子也遭到相同命運，好職位被強佔，安插自己親戚朋友的主事者也不敢招聘能力資格勝過他們許多的台灣菁英，以免自取其辱。藍明苦思憂慮，看不到台灣的未來。

醫院夜班工作結束後，唐幻趕個大早去探望朋友。這個收容所是不帶給人喜悅卻非去不可的地方。唐幻多麼希望無形無象的痛苦能夠如同饅頭橘子般隨意分配，以便她能承攤朋友們身體上精神上無端的煎熬，即使是一絲一毫也罷。分攤開了，受苦的人總會痛得輕些少些。

秀玉正發著高燒，唐幻倒了碗水給她。含著苦澀微笑的秀玉，多麼高興再見到這位願意聆聽她傾訴的女友。她抓著唐幻的手閉上眼，似乎是最後一次能與她說話般地焦急：「我等了好久，妳真的來了。反正我也好不了了，這次妳就讓我說完。」

唐幻輕輕地點頭。

「我被那些日本畜牲騙了！他們說，我們是去戰地燒飯有薪水可拿，過一陣子就可以回家。我想，能夠為家裡賺點錢，心裡多高興吶。我們一共十二個人從高雄坐船出發，暈船時，大家吐得死去活來。誰想到，下船以後就⋯⋯就被⋯⋯」

秀玉開始激烈哭泣，單薄的身子震動得厲害，如同在頑童手裡顛晃的戲偶。

「不要再說話，妳應該多休息，把讓妳煩惱的一切都忘記。」唐幻勸著。

「妳就讓我說完，我已經活不久了，趁現在還能說話，我要把全部事情講給妳聽。」秀玉啜了口清水又繼續說，「我們到了以後才知道，工作根本和煮飯打掃沒有關係。我們被帶到一個棕櫚樹蓋成的房子裡，每個人有個小房間用薄木板隔開。白天來的是士兵，晚上是軍官，他們每個人都有張房間號碼的小卡片。有時在經期之外的平常日子我必須接客二十人以上。這些不要臉的野獸，每次都像餓虎看到羔羊那樣向我撲來。我們每個月檢查一次身體，只領六到十二個套子，根本不夠用，只好去溪邊洗洗再繼續用。那真是人間地獄，唐幻，那真是地獄！」

秀玉說得上氣不接下氣，卻沒有停頓休息的意思。

「我好想念故鄉，好想念家人，有時自己到林子裡絕望得一直哭，沒有人了解我的痛苦。有一次我被逼瘋了點火燒房子，結果被關了整整一個禮拜。我的身體不乾淨也不敢回家。我全身到處痛，今天明天一直到死都痛。大概上輩子我是個殺豬的，這輩子才要這麼受折磨。」

「不要再說了，來，喝點水，等妳燒退再講給我聽，我還會再來看妳的。」

唐幻見她氣喘著費力說話，於心不忍。

「妳一直會再來，可是我不一定還在。我在流血，我骯髒身體裡面的血總有流完的時候。噢，老天啊！我到底做錯了什麼，要受這樣的處罰？……」

唐幻淚流滿面再也聽不下去。她哭得比秀玉更激烈，只因為她健康，有力氣可哭。可憐秀玉如風中殘燭正等待著自己的熄滅。

唐幻一直待到秀玉疲累已極昏昏入睡，才身心俱乏地離開。雪子以死保有青春之美及祖國的勝利，不久秀玉卻將死於羞愧與憤恨，人的死亡竟可以有如此大的差距！死亡索取了美麗與勝利，羞愧與憤恨，人還可以因何而死？因著快樂？該怎麼做才能亡於歡欣死得愉悅？唐幻踏著沈重的腳步邊走邊想，卻得不到答案。當她走到離住家不遠的市場時，竟意外看到挑著籃子大步快走的母親。籃子裡躺著七橫八豎的蔬菜，不像母親平日的作為。

「媽，媽，」唐幻大聲喊並跑上前去，「怎麼了？今兒個怎麼提早回家？這些菜怎麼辦？」

「糟透了，糟透了，這種事兒我在市場上還沒碰到過。」母親驚魂未定地說，「妳知道那個在我旁邊賣水果的潘太太吧？」

唐幻點點頭，從籃子裡拿出袋子及磅秤以減輕擔子的重量。

「兩個大兵走到潘太太的攤子前問她鳳梨怎麼賣。她哪兒聽得懂他們說的話，看到帶槍桿兒的嚇得魂兒都飛啦，愣在那兒也不曉得怎麼答話。他倆問得愈氣愈急愈大聲，也不知是打哪個省來的，口音那麼重，起初我也沒能聽得懂他們嚷嚷些什麼，後來聽明白了，我才跟他們說：潘太太嚇壞了，她也不懂你們說什麼。我話剛一說完，其中一個就衝著我吼：妳說著我們的話，怎麼也被日本鬼子給毒啦！說著，兩個就踢翻我的籃子，潘太太的攤子也遭殃，水果滿地滾兒，大夥兒全避開了去。以前就聽說這些個大兵有多壞，今兒個才親身經驗到。日本警察也兇著呢，不過那時候兒還有個規矩可循，現在可是到處亂糟糟的，叫咱們老百姓怎麼過活兒？」母親氣憤地敘述始末。

唐幻想起藍明曾說，戰後立即被送到台灣以平息可能產生暴動的那些中國兵，足以證明，一支沒有紀律的軍隊有如洪水猛獸！他們以勝利者統治者的姿態，解放他們心目中地處邊緣，實際上比他們更工業化更文明的台灣人，這種態度一出現當然立即引發爭端。

秀玉及其他許多人是日本殖民主不同程度的犧牲品，母親及其他許多人是當今執政者不同程度的犧牲品，她自己又將會有何遭遇？

唐幻和母親加快腳步趕回家，希望鄰居能多買些，新鮮蔬菜久放不得。

唐幻忙著整理春華園地下室的房間。雖然這些年輕人答應要保持整潔，她卻覺得還可以收拾得更好些。角落裡有個垃圾桶，好幾天沒清倒了，堆滿啤酒罐、廢紙、木屑、油漆等等雜物，桌上散放著鋸子、剪刀、槌子、鐵絲、鐵尺、木板……看來他們的確需要一個箱子以便將工具歸位。唐幻邊做邊想，怎麼這些孩子從小家裡沒好好教，到處是壞習慣導致的小小災難。

地板上有兩張大海報，唐幻輕輕唸著：「生活哲學已沒有生存空間」、「教育局長是隻紙老虎」。

「說得真好。」

唐幻突然聽到身後有人，揚走了進來。她看著這名五官柔和分明的年輕人，他的熱情雙眸令人微感不安。

「你今天早到了。」她有點吃驚地說。

除了他倆四下無人，避也避不掉，她不得不面對他。

「是呀，為了要見妳。」

揚善用每個機會直話直說。他的坦率是令唐幻心跳的小小刺激。

其實揚並沒料到會在這個房間裡見到唐幻。一股暖流淹向四肢，他突然要深呼吸起來。兩人靜靜地面對面站著，唐幻把目光移向地板以掩飾尷尬。好不容易找到打破沈默的理由，她問：「你們一直在反對什麼？」

揚心裡著實高興，唐幻終於對他的工作感到興趣。健行事件發生後，她更是不主動與他攀談，究竟唐幻對他態度如何，實在難以洞悉。

他為她端了張椅子便開始解釋：「我們不要只聽從學校或教授，我們要求參與討論並且負起責任。二次大戰結束到現在已經二十多年，過去一段時間經濟上有很大的進步，可是這種進步又帶來了什麼？再這麼下去我們會走到哪裡？物質生活富裕，精神上卻很貧乏。有些人做投機買賣可以一夜致富，這點讓我們學生很不滿意。輕易賺到的財富造成一個不公平的社會，不是我們所要的，所以想要改變。還有，對於第三世界國家更應該……」

「媽媽妳在下面嗎？揚來了沒有？我在車站沒看到他。」玉蓮在樓梯口喊著。

揚難得有機會告訴唐幻他的想法，更希望因此而了解唐幻對待自己的態度，沒料到在她表達意見之前，玉蓮卻已回到餐館。現在就得結束談話，讓他不甘也感到有點落寞。

唐幻聽到玉蓮的聲音立刻起身。緩緩上樓時，心想著，是誰把世界分了等級？誰屬於第三世界，誰又是第一世界？她十分明白藍明為何而戰，卻完全無法理解，六十年代末期的蘇黎世學生究竟要求什麼，和平與自由他們不都早已擁有！

CHAPTER 7

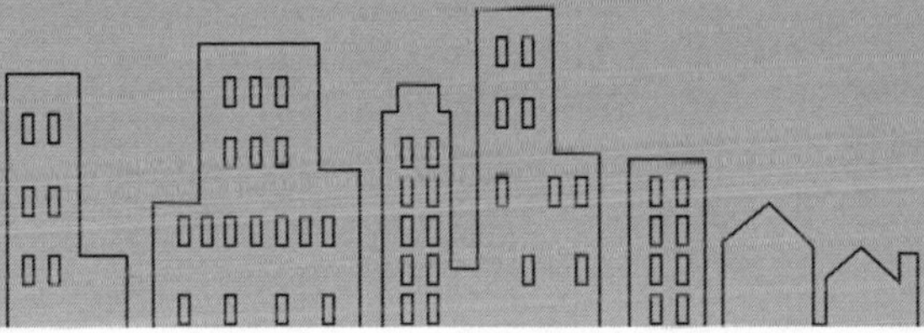

蘇黎世 1968

爭執謾罵拳打腳踢，如此的衝突必定時常發生，否則唐幻不會在電視上頻繁看到如出一轍的畫面。

買電視是淑英的主意。——妳整天在餐館裡像被關禁閉，有了電視才能跟外頭有點接觸……是淑英說服唐幻的重要理由。兩個女人一道去百貨公司選了個最小的電視，也立刻讓人安裝妥當。起初唐幻還覺得把事事物物帶到眼前的黑盒子相當有趣，過了一陣子便發覺這世界怎會老是發生令人沮喪的事件：燃燒的汽車，破碎的玻璃門，失控的遊行，憤怒的黑人，激動的演講者，年輕人與警察在街上追逐互毆，更有女人排隊，一一將胸罩丟進一個大鐵桶裡還往內吐口水。

每次出現暴力畫面，唐幻便不自覺地將目光移向窗外。在蘇黎世，一切祥和寧靜。年輕母親推著嬰兒車走過，車裡的孩子正兀自熟睡；著黑色西服的男人提著與帽子同色的公事包，悠閒走入對街的辦公大樓；汽車電車暢行無阻，人人各行其事各得其所。

唐幻難得享有不受威脅沒有憎恨的日子，卻對人群有著潛在的恐懼。只要街上有人聚集，便無來由地，或心裡的確隱藏有一她不願記起又纏隨不放的原因，使她立即緊張起來，也一直存有，人聚在一起準會發生事端的偏見。

有次螢光幕上出現三個男人，不顯老，全留長髮也蓄著似乎從不修飾的長鬍。他們所在的小客廳裡雜亂散置著些屬於或不屬於這房間的物品。煙灰缸裡堆得老高的煙蒂，一把吉他斜倚在沙發旁，三兩支空瓶倒在矮桌邊，地板上則是皺成一團衣服也似的東西。他們緩慢無聊地談論自由與和平，看似缺乏足夠睡眠或喝醉酒的神情。更有一次，唐幻在電視裡看到一高大男人坐在蓄滿水的浴缸裡大談精神昇華。他多毛的前胸似曾被漂白，兩臂鬆垮如同黏在浴缸邊緣的豬肉塊。唐幻心想，這節目的製作人若真要知道人與自然的關係或打坐修行一事，應訪問長期苦修禁食，活得又健康又精神的出家活佛，浴缸裡的醉漢如何懂得超脫與靈空？

來自美國的報導特多，要分辨全蓄著長髮的男女並不容易。許多年輕人閒來無事或站或坐或臥，似乎就住在那片大草原上。帳篷、臥車、簡陋的小木屋是他們的棲身處。一起農作，一起歌唱舞蹈，互吻互擁也裸露身體躺臥游泳。他們的世界由無爭與愉悅組成，卻是構築在雲朵上的烏托邦。唐幻不解，這些人何來金錢度日？人得先勞動才有得吃。台灣家鄉人哪個不是辛勤操作以換得每日？這些青年卻隨意唾棄已擁有的好生活，唐幻費盡思量也難懂其一二。

雖然以一軟弱女子的無援無助而渡過一段違反她生活信仰的黑暗日子，唐幻仍舊分外堅持，裸露的人體只能在幼小時為父母所見，及長，只能為真正的愛人呈現，集體裸裎相向已是獸的行為。

反對越戰應是好事，究竟為何美國也參與戰役自是在唐幻理解之外。這批被寵壞了的年輕人強調個人價值，批判都會生活而遁入大自然。拋別社會離群索居，能持續多久？如何能自己製作布疋衣服、自己生產工具，或最基本的，如何處理日積月累的排泄物？富足環境裡的年輕一輩所缺為何，唐幻全然無法體會。

近日地下室來了更多學生，唐幻所提供的房間明顯太小。他們於是分批進行，釘寫敲打噪音連連。大聲激烈的談話，匆忙倉促的時進時出，空氣被不安所滲透而擴散瀰漫到連最沒知覺的林關寶也不得不承認，這些天來蘇黎世的確隱有悶悶的一股躁動。他只希望學生別在春華園鬧事，把警察引了來生意還怕不被影響！把餐館搞塌了，他不但連隻廚房蟑螂都當不成，就是在水溝邊圖個生存都得遭到掃街人的追打。香港他是回不去了，就怕莊家兄弟還牢牢地記得他，現在的日子還真得倚仗唐幻母女倆。也罷，只要有進帳可以攢金買銀，生活雖寂寞些，林關寶還能湊合著過。

這天似乎安靜了些。下午四點以後學生們便陸續離開春華園。揚雖沒有餐廳的工作，晚上他還是來到春華園的地下室，和夥伴們擬定講稿。

「我們年輕人從來不知道不觸怒當局的行為準則，只要安靜順從，不張口批判，不發表意見便能……」

「停停停，你是不是寫了一齣大悲劇？」葛漢不以為然地問著艾文，「這是要給學校，不是給你媽看的，太虛弱太無力了。」

「怎麼會？他們是要我們閉嘴。我要他們曉得，我們知道他們怎麼想，我們並不是他們所想像的我行我素。」

「話是沒錯，不過語氣得改一下。你覺得怎麼樣？」葛漢問揚。

揚雖看起來悶悶的，稍作思考後便立即說：「認為學生應躲在教科書後不該上街，並認為抗議者有意煽動暴力是不智的判斷，把學生看成是善於狡辯幼稚的偽革命份子，更是錯誤的評價。上一代只敢夢想的，我們今天已然付諸行動。若連夢想的實現也遭到鉗制，我們的父執輩豈不自取其辱！……好了，你們覺得如何？」

「太棒了！」葛漢衝口而出。

「快寫下來，免得忘了。」艾文催促著。他對揚的反應快速思考敏銳心服口服。

三人到處翻遍，才知紙張早已用罄。揚跨步上樓，整個餐館早已坐滿食客。說話的人聲，香煙的薄霧參雜著輕微的中國音樂，以及由薑蒜蔥醬合混的味道，形成一個嗅覺味覺聽覺不分彼此交替作用，不親身在場便無法想像，這令人不捨的紊亂紛雜是怎麼樣一種極其引人的況味！

揚在櫃台後的抽屜裡找尋紙張，玉蓮正從廚房裡端出一盤雞片炒鳳梨，沒料到揚會在這時段出現，驚喜地向他燦然一笑，匆匆上菜去了。唐幻捧了些個空盤朝櫃台走來，揚快速在紙片上寫了些什麼並悄悄塞到她手中。紙條上是三個並不工整卻清楚可讀的中國字：請想我！唐幻快速唸過，一時不知該把紙片藏於何處。這年輕人深深為她著迷，更把握每個向她表達炙熱情愛的機會。上中文課時，他以「雖然」造句：雖然目前我找不出解決的辦法，我還是等妳；或「自從」：自從認識妳，就得要時常看到妳。

現在唐幻害怕見到他也害怕見不到他。見了他，一顆心使要亂糟糟，像一球失了頭的棉線。不見他，又忐忐忑忑如同在車站等不到來人一般焦灼。情況癱僵，她與揚不得同進無法同退，處於極度的兩難。

揚下得樓來，把紙筆遞給艾文。

「可不可以你寫，你做得比較好。」艾文對著揚說。

「我試試看，你什麼時候要？」揚問。

艾文頭上似乎被油淋過一遭，叫人看著難過。

「愈快愈好，其他人已開始連絡，好戲就快上場了！」

「差不多會來多少人？」

「比想像中好，女生也很有興趣參加。」葛漢答。

「很好。先把中心建立起來，對我們的工作有很大幫助，連絡上也比較方便。這個時機對我們有利，英國、法國、義大利、德國、中國、南韓到處有學生運動，我們不可以在這重要時刻缺席。」揚滿懷自信地說，「德國人太激烈了，為了達到目標不擇手段。採用進場、坐場、教場的策略，佔據禮堂也阻擾課程的進行。雖然強調只反對政府當局，對事不對人，還是放火燒百貨公司。」

「對了，我今天剛好看到一則消息。」葛漢從長褲後袋抽出一張報紙，唸給他們聽：

警方在記事簿上找到特別勾畫的句子：

何時點燃布蘭登堡大門？
何時點燃柏林百貨公司？
何時點燃漢堡貨棧？
打倒資本主義！
社會主義的世界革命萬歲！
我們燒掉百貨公司阻止你們購買！
瘋狂消費泯滅你們的人性！

「那些恐怖行動全是事先籌劃好，不是我們要的。我不希望見到像在美國一樣，連軍隊跟裝甲車都出現了。我們也要提高警覺不要讓陌生人混進來。記不記得在倫敦美國大使館前的反越戰遊行聚集了上萬人，後來跟警察打了起來。這場應該是英國人自己的抗議活動，竟然有些來自德國參加組織，這種事我們絕對不能接受。」揚強調。

他說得語調鏗鏘，極力將自己拉回現場，讓自己專心於討論上。玉蓮的笑靨擾亂了他。那是與她第一次在電車站搭訕時同樣的容顏，玉蓮沒變。揚雖看不到自己的表情，卻明白那不是張愉快的臉，不是一個戀愛中人應有的神情。玉蓮可已感知？她會怎麼想？

「火車站廣場附近整修後出現好多漂亮的商店，可是就沒有一個地方能辨點文化活動。他們根本一點也……你聽不聽我說嘛，揚？」艾文問。

「聽，當然聽。」

他一直躲著玉蓮。在她面前儘可能少言語以便隱藏情緒隱藏他自己。對玉蓮不忠並非他的意願，要他放棄唐幻真可視同是宣判他所以為人的終結。多希望不要再踏進春華園，卻又不能不見唐幻。

「再過幾年我們只能在紀錄片裡讚嘆瑞士的文化及自然美景。別的國家立法保護文化遺產，在我們這裡，文化只會變成科技跟經濟發展的犧牲品。你是不是也……嘿，揚，到底聽不聽我們講？」葛漢也同樣發覺揚的不專心。

「抱歉，我頭痛。我回家把這個打出來。」

揚拿起方才隨意記下的紙張，找了藉口離開。

真是英雄難過美人關？揚或許正處於此一困境，失掉了平日的聰穎果斷，像把生銹的刀不再能俐落切割。別人的問題他能以三兩句話釐清，他的問題，別人當然也能以三言兩語打發。

情是一張網，是一張初陽朝露裏隨著微風擺盪彈性強韌的蜘蛛網，絲絲縷縷纏得人滿頭滿臉，揮過左邊飄來右邊，惹得人急切紛擾只能憑直覺盲動。網內的人出不來，網外的人進不去。在網內被情絲緊密纏絞的，並不是不曾掙扎沒有過努力；網外的，即使收拾起看戲心情有意伸出援手，恐怕也不比想像中容易。揚已入了情網，方知情的了不得，不可招惹。現在他需要清靜，以便面對自己，聆聽自己的內在。

如果玉蓮沒有唐幻這個母親，這條情路便可走得自然些、順暢些，就跟其他年輕人一般，三天吵又兩頭好，這，揚不是沒想過。如今，他的苦澀與內疚驅使他要不由衷地對玉蓮殷勤，以討好來彌補自己的不忠。

揚邀玉蓮去聽音樂會。

玉蓮上床前已把櫃子裡的衣服尋過兩回，像個小女孩歡欣地等待聖誕節的來到，雀躍於揚要她共赴音樂會的邀請。最後她選了米色上衣及天藍長褲，都是揚喜歡的顏色。明知揚對她的態度改變，卻不願直接與他談起，就怕面對令自己失望痛苦的原因。揚按時打工、上中文課、和友人在地下室聚會多少讓人放心，她也因此想出，或許揚太忙太累，做為無法兼顧彼此間關係的理由。現在他們就要共赴搖滾音樂會，更是證明自己多慮，揚仍是有意於她。

是出發的時間。下午揚與玉蓮一同從餐館走出，唐幻立於門口望著他們離去。與男友出遊的女兒踩著輕盈的步伐，快樂地轉頭向她揮手道別。態度遲疑走在玉蓮身旁高俊的男孩，卻以充滿愛戀的眼神看著他女友的母親。目送漸行漸遠這年輕的一對，唐幻彷彿看到當年的自己與藍明。多少年前的往事，她總學不來心如止水。

那是個美麗和暖的下午。揚與玉蓮不消多久便登上了開經音樂會場的公車。玉蓮的情緒如同人行道上的鮮亮繁花，多彩而高昂。揚則心不在焉地在一旁陪笑。下了車，玉蓮自然地挽住揚的手臂，揚卻是不知所措有著稍許的煩心。

正當他們靠近會場時，看見入口處站著幾名警察及年輕人正大聲說著話。

「怎麼回事？」

「不曉得，我們過去看看。」

他們愈走近，聽得愈清楚。

「誰讓你們來的？快走。這是音樂會場，我們只是來聽音樂。」一個男孩叫著說。

玉蓮開始心慌，看見揚正傾神要聽出來龍去脈，也就打消提議回轉的念頭。幾分鐘裏，群眾不減反增愈聚愈多，竟是和警察面對面站成兩道人牆。

「如果只是純粹聽音樂我們絕不打擾。」一名警察說。

「滾開，滾開，我們不要被監視，我們又不是小孩！」

「這要靠你們自己證明。」那名警察又說。

「證明給他看，證明給他看！」人群中有人大喊。

群眾與警察的相互叫罵很快白熱化，兩造於是卯上開打，女生驚恐地退了開去，男生衝入會場搬出椅子瞄準了穿制服的便用力擲去。拳打腳踢，棒搏推擠，叫喊謾罵現場一片紊亂。玉蓮邊喊邊找揚，又要注意閃躲相互攻伐的雙方。騷動的人群裡看不到揚的蹤影，她不能走也幫不上忙。情況愈來愈糟，有人受傷有人被捕，警方明顯佔了上風。就在她不知如何是好，突然間看到了揚。他以手遮頸，鮮血從指縫間滲出，一張臉痛苦得扭曲，連走路也顯得顛躓。玉蓮嚇得哭，她衝過去扶住一時找不到方向的揚。他們儘速離開現場，匆匆攔下一部車直趨醫院。

揚的左頸給劃下深長的一道，可能被來路不明的大鐵釘所傷。

揚被父親叫醒前已在沙發上睡了多久自己並不清楚。玉蓮陪他到了醫院，傷口被縫時他一心只念著唐幻，想像她如何給他安慰，如何陪他一步一艱難地踩著自行車回家。當他倦極將自己拋向沙發時，朦朧中的痛楚與幻想中唐幻的溫情伴他深沈入睡。被叫醒後感到一陣寒冷及傷口的隱隱作痛。

「發生了什麼事？」馬可擔心地問。

他已有好幾年沒見過兒子受傷。記憶中最糟的一次是揚一歲半時。他獨自玩耍，突然間撞上桌角痛得號哭。馬可從房裡衝出立即抱他到浴室。血淚模糊了痛苦的小臉，馬可原以為揚可能要失去一隻眼睛，他將兒子的臉小心揩淨後才看清兩眼間出血的傷口。直到現在，揚眉心間的小疤痕仍隱約可見。

「在音樂會場外和警察打起來。」揚回答。

雖仍在半昏睡狀態，頭部的疼痛清晰可感。

「現在帶傷回家，下次你打算帶什麼回來？」

馬可先前所不放心的終於發生。揚聽出來父親稍稍動怒，試著把氣氛緩和下來。

「警察一開始就在場，可能是因為兩個月前的另一場音樂會。」揚輕聲地說。

「兩個月前你也在嗎？是不是你策劃的？」

「那根本是小孩子的遊戲。」揚說。

這下他已完全清醒。

「當然很幼稚。你還不懂什麼是生活就想改變整個世界，你到底要什麼，生活裏到底少了什麼？」

馬可對揚的行徑一點也不明白。兒子傷口的疼痛換成了他的心疼。

「自由，我需要能自由思想的自由！你怎麼想，我沒興趣，只請你也讓我能自由思想。」

揚緊握兩手感到口渴。

「你的思想已經被套上了模子完全和現實脫節，你要先生活然後才知道下一步該怎麼做。」

「我是一直在生活啊！」

揚稍大聲說話卻引來頭部更劇烈的抽痛。

「我們現在的組織系統是多少人一步一步經歷成功失敗，嘗試錯誤累積經驗逐漸建立起來的，怎麼可能讓你一夜之間全盤推翻重新做起？」馬可說得語重心長。

「對你來說，連未來都是過去的比較好。」揚不想聽父親再說下去。

「你只侷限在大學、在朋友的圈子裡，世界太大了……」

「所以我才拼命看書。看了書思想就會改變，思想改變了就會引發行動的企圖，引發實現心裡認同的渴望。思想帶領行動，行動導致結果，這是非常合邏輯的連鎖反應。」

揚很少如此比劃著說話，一心想把自己解釋更清楚。

「毛澤東、胡志明、卡斯楚等等都只是偶像，一個社會不可能讓每個人都滿意，你也不需要因此而逃到自己的幻象裡。」

「那不是幻象，是人人可以了解的具體理念。媒體報導的才是幻象，他們只展現美好的一面，鼓勵對財富的追求，在資本社會裡得到成功。那些所謂失敗的就註定要被資本家所用。低層階級的人好像沒有面孔沒有聲音，完全被忽略，根本就不公平！」

「你用不著操這個心，你的工作就是努力學習，以後找個好職位，先達到這個目標了才去傳播你的理論實現你的夢想。我還沒問你，唸完了漢學以後要做什麼？」

「我不知道漢學能帶給我什麼，我只知道貧賤不移，富貴不淫，威武不屈等等在別的地方聽不到的東西。」

「又是一大套理論，什麼時候你才能理智點？」

「我一直很清醒。一個思想，一個價值觀，是一個立足點，一個原則。你當然可以取笑社會主義是我的宗教信仰，可是我不會改變。很多人不理會政治充滿無力感，我希望自己不至於那麼虛弱。」

「是啊，你勇敢得很。你最好別忘了每一個集會都可能導致暴動，群眾難以控制，你根本也沒有駕馭暴動的能耐。現在可好了，居然把自己搞成了個烈士！」馬可又氣又急地口不擇言。

「你要為自己的這句話道歉！」揚極生氣地說。

他憤怒於父親對自己的誤解，以為他急於將自己的行為理想化，樂於將自己裝點成明星烈士。

「你要了解別人而不是去匡正別人。」馬可說。

「這是你應該要對自己說的話。」

揚站了起來，準備離家。

「如果繼續這麼下去，我會斷絕你的經濟來源！」馬可大聲說。

「你不敢這麼做，你不會給自己丟臉！」

揚砰一聲關上大門，跨上自行車，在夜晚的冷風裡衝向山腳。究竟去向何方，連自己也不清楚。

玉蓮衣上的血跡令母親驚嚇萬分。她詳告細節，強調整個事件純屬偶發，母親無須掛慮。唐幻認為實情內幕必定比玉蓮的敘述複雜很多，也明白暴動所可能導致的後果。內心的恐懼催迫她要給揚電話，要見他。只是，不可！揚是玉蓮的男友，既然女兒不急，身為母親有何非見他不可的理由？

「情況沒那麼糟，媽媽。縫完傷後他就自己回家了。只要按時換藥直到傷口癒合就行了，明天他一定會來上課。」

玉蓮極力安慰母親。她明白，當母親受驚或心傷時幾乎會變得像孩童般可以任人使喚隨意受影響。母親的五官知覺心靈感受超過常人特多，在她遁入自己世界之前就要即刻轉移她的注意力，否則即使她就在身邊也會找不著她本人。

衣上已乾的深紅血跡對唐幻震撼極大，整晚，玉蓮以輕鬆口吻極其小心一再寬慰陪伴，直到幾乎再也睜不開眼。

這一夜，唐幻再度夢到藍明遭受侵擾威脅，再度被陰森惡濁的情境嚇醒。劇烈心跳對應窗外照進的冷月清光，她獨自一人，慽感洪荒夢境裏的空破孤寂。群星顫抖，不在床上的林關寶必定又醉倒在某個紅燈女的香懷裡。捻亮床頭燈，唐幻從抽屜裡的小木盒拿出揚的紙條，怔怔端詳。藍明不曾留給她隻字片語，在夢裡，他是毫不隱藏地清晰。夜深人不靜，她憂心忡忡想著受傷的揚。

同一時刻，揚坐在公園的長凳上，一下左靠一下右靠，又仰頭張口，又彎腰俯膝，身體有萬千個難受。他剛騎車在城裡毫無目標地遊蕩，也沒興致到小酒館裡跟人閒聊，現在正如喪家犬般疲累交加急需休憩一場。他不回家，遺憾被父親所傷更訝異於他與父親，社會主義與資本主義之間差距的袤廣。父親對他成見已深，不相信今天的事件純屬偶發，唐幻也是？揚不安地猜測。殘留在玉蓮上衣的血跡一定使唐幻對自己有了負面印象。搖滾音樂會的邀約是對玉蓮的補償以減少自己的罪惡感，不料卻發生這起意外。他必須與唐幻說明白以免去無謂的誤解。唐幻是位嫻靜高雅的女性，必定鄙唾暴力。究竟是誰傷他，又是如何被傷，自己也不清楚。原本他只想推走警察，因為他們不屬於會場。混亂中突然感到頸部一陣劇痛，流自體內溫熱的鮮血與目睹其他人的被捕讓他從一片狼藉中清醒而住手。整個經過便是如此輕易簡單。

夜裡氣溫驟降，沒穿外套的揚正抖索著發著高燒。他獨坐宇宙洪荒，望著冷清的月，殷殷切切想著唐幻。

第二天的蘇黎世仍舊一切平常。自己的事還得自己承擔，揚以他特有的方式解決自己的難題。

「你確定？」弗立茲問。

「對，你做就是了。」揚答。

理髮師仍猶豫著不敢下手。

「我再問一次，你真的百分之百確定？我剪掉的，長不回頭上了！」弗立茲問得更大聲。

「對對，沒錯，我確定，我又不是不付錢。」

揚閉眼皺眉混身顫抖，他讓自己受苦。

「好好好，我做我做。」

弗立茲開始熟練地進行他的工作。

揚在理髮廳營業前便已等在門外，是弗立茲今天第一個顧客。揚必須準時到校準時出現在春華園，他無論如何必須和唐幻一談。

街上的人無不驚訝地看著揚。擦身而過的行人總要頻頻回頭以確定自己沒看錯，電車乘客一致側轉向他目視，駕車的突踩煞門以便有時間瞧個究竟。此時的揚是蘇黎世街頭極為特殊的一景。到了學校，同學們也幾乎認不出是他，只敢私下問彼此，卻思索不出可能的原因。想直接詢問他的意圖，也由他臉上堅不論此事的表情所飭回。

揚集中所有注意力專心上課，寫下每個重要細節並提出耐人尋味的疑慮，向著好奇於他的外表又必須審慎專精答覆的老師們發問。熬過了上午也熬過了下午的幾堂課，時候終於來臨，他甚至早到餐館十分鐘。

玉蓮還在文具店裡，唐幻正佈置著桌子，揚無聲走進，當唐幻看見他，實在無法相信自己的眼，她重度受驚以致手中的筷子掉落一地。來者何人？分明是揚，卻又不像。繃帶纏覆他整個頸部，而他的頭，他的頭上竟然完全沒有頭髮！他在這人人蓄有長髮的風潮裡，竟然理去一頭飛揚的柔絲！

揚沒料到會將唐幻驚駭如此，趕緊一個箭步向前扶她坐下，自己也抓來一把椅子坐穩了靜靜地瞅她。

「別怕，唐幻，是我。」揚小心地說，「玉蓮一定把整個經過都告訴妳了，不過，請相信我，打群架絕對不是我的原意。我只想把警察趕走，因為他們不需要出現在音樂會場。我反對暴力，請妳一定要了解。別人怎麼想我不在乎，可是妳不能誤會我，不能不理睬我。」揚說得挖心挖肺，一字比一字沈重，「把頭髮理光是為了要證明，在妳面前我什麼都不隱藏。妳懂得這個象徵嗎？在妳面前我是完全透明的，妳明白嗎？」

她點頭。

「我還是不是妳認識的揚？」

她點頭。

「我可不可以再來？」

她點頭。

揚笑了，兩天來的第一次。身體仍是熱烘烘的，他繼續說，「布拉格的春天，捷克共黨開始改革；

五月動亂震撼整個法國；美國的金恩被謀殺；柏林的左派學生領袖度曲軻受重傷，世界各大城都有學生運動。而我們這裡，我解釋給妳聽，我們這裡只有百分之六的工人子弟上大學，為什麼？有些人光在辦公室裡聽幾通電話就可以往口袋裡塞錢，大部分的人卻從早做到晚才能支付生活及房租，根本不公平。工廠及宿舍不應該屬於老闆跟投機客，而應該屬於工人及宿舍的住戶。歷史需要革命來改變。現在不再是工人革命，學生、社會邊緣人及第三世界人民才是真正的主角，妳懂我的意思嗎？」揚說得辛苦而凌亂。

她搖頭。

揚也不清楚現在從嘴裡奔流出來的這些與他要求得到唐幻的了解有何關聯。或許他熱切要唐幻不但明瞭他反暴力的立場，更要她明瞭他的心他的人，才能愛戀他疼惜他，如同他對她一樣。

揚深吸一口氣又說：「就像現在的中國，造反有理。老舊腐敗的必須去除以建立新國家。妳明白嗎？」他再問。

她搖頭，不清楚在中國發生了什麼，只聽淑英說，許多演員、作家、知識份子、商界人士逃離中國在香港的下層社會掙扎著求生存。

唐幻是單純的女子，只求沒有暴力威脅的安穩生活，其他的，她並不十分明白。揚苦費思量如何把自己表達清楚。他一宿未眠，一天未吃，藥品未服，傷口發炎，高燒使他嘴唇乾澀也阻礙他的敏捷俐落。他疲累已極，與唐幻雙雙沈默。片刻，唐幻的聲音響起，如一根尖銳、細緻、清涼刺進皮膚的短針。

「你是說，為弱者而反政府嗎？」

揚把每個字聽得透明清楚如冰塊裡的氣泡，表情如風雨過後陽光再現的晴天，他感激唐幻能明白自己的一片心，鬆了一大口氣。心寬後更敏銳感覺身體的不適，他笑得無氣無力，卻同時驚訝於唐幻能以一簡短的句子將他糾旋纏雜的思緒輕易理清。這名令人無法抗拒的女子到底有個什麼樣沈潛的內裡！他深深望入她美麗的眼裡，輕輕問：「妳愛我嗎，唐幻？」

她不點頭，不搖頭。只是睜睜直視他青春的容顏。她的雙眸清明如同沒有框櫺的窗，靈魂穿透而外飛。

唐幻對揚的諒解有如強烈興奮劑，讓他不疲不累更加緊準備活動所需的一切。除了應付功課及私人瑣事之外，學生們便是忙於聯繫接洽的工作。春華園地上層是亞洲情調的消費場所，地下層則是學生們的革命運籌中心。愈接近活動預定的時間，揚和朋友們的聚會便愈加緊密。

「為什麼還要蓋東西？」艾文問，手裡拿著筆隨時準備記下。

「這樣才夠具體醒目，象徵我們一開始就要自己規範在中心裡可不可以抽煙喝酒，到底要開到晚上十點還是十二點，以及其他的小枝節等等，全要我們自己決定，」揚說。

「建築材料呢？」艾文仍不太明白揚的整個構想。

「我們自己去找。」

「警察一定也會出席。」葛漢說。

他看著揚的傷口，卻始終不懂為何揚將頭髮剪去。剪髮與負傷同時出現，實在是個謎。揚大可不需要為了群毆改變外表如此劇烈，他不是個衝動的人，某個潛藏的原因必定存在。任何有關頭髮的問題一概不答，是揚一開始便已做過的聲明。葛漢了解他不妥協的朋友，也就放棄追問。

「一切按計畫進行應該不會有什麼大的損失，警方的態度是關鍵，如果他們讓示威順利進行，什麼事都不會發生。那些官員在沒人要去的地方，提供給我們那兩個臨時搭蓋的木板房實在醜陋，我們的中心應該蓋在市區裡。我們不會燒百貨公司，只是要阻止他們蓋百貨公司。」揚說。

「期限早已經給了，市政府應該答覆，再怎麼討論都沒用，現在是表達我們強烈立場的時候。」葛漢說。他一直和揚分頭進行工作。

「好了，我是不是把你說的寫下來？」艾文再向揚求證一次。

「沒錯。」

艾文寫著：

我們是乖順的孩子，我們要蓋自己的「安養院」。

歡迎參加：

六月二十九日，週六，晚上七時，在Globus百貨公司預定地前面。

務必攜帶：

建築材料、木頭、釘、鎚、長板、木桿等等。

「又是十張海報？」

「對。」揚想像示威的情況，對自己的籌劃相當有信心。

「想想，這次我們要在警察面前蓋座城堡！」

大夥兒都很興奮，賣力工作到深夜，夢想未來組黨的可能。他們堅信自己是為正義而戰，正如海報上所寫：

這裡不是左派右派的爭鬥
這裡不是我們你們的拉鋸
這裡是白天與黑夜，正義與不正義的戰役

林關寶對於最近地下室的紊亂情形極為不悅，學生們雖是答應清理一切，顯然並未做到。

「再這麼下去，付錢的客人都跑光了，看這地方被搞得稀糊亂的。」

林關寶下樓給自己找瓶Chardonnay，看不慣地說兩句。

玉蓮正掃著地，故意裝作沒看到沒聽到父親。她恨他。一直以來她便認為母親的病是因他而起。這人沒有一天是為人父為人夫的樣子，不但不盡責，甚至還曾經為了私己的利益要賣掉她。若不是母親做了巨大犧牲，今日的玉蓮何來乾淨之身！當初他一定是施用某種骯髒手腕才把母親從台灣騙到香港……玉蓮只能如此推測，這段過往對她一直是個大謎。

玉蓮自小便跟林關寶不親，無父的孩子總是惹人憐，她卻極為滿足只與母親相依的生活。約是十歲還在香港的時候，開始對世界伸出觸角已懂事不少的玉蓮，有次看到母親再度被打而氣憤不已。

「妳是怎麼跟他在一起的，媽媽？」

不知始自何時，玉蓮連爸爸都不叫，也或許從未叫過。

唐幻沒立即回答。她看天看地，以為可以把眼框中不住滾動的淚水再藏回瞳孔裡。半晌，才無關痛癢地說，是老天的意思。之後，母親兩天不言不語。從此玉蓮再也不敢提起。

她也曾就母親的病向淑英打聽，淑英同樣所知不多。

「我想問題一定出在台灣。在妳出生之前很可能發生了可怕的事，才會把妳媽折騰成這個樣子。我聽說，那時候台灣政府在國際上被批評得很厲害，細節我也不清楚。不過像妳媽這麼個女人應該跟政治沒什麼牽扯才對。」淑英最多也只是這麼猜測著答覆玉蓮。

接到阿玲第一封信後，唐幻只跟淑英談起，是因著林闢寶，家人才被擒，自己不能回台。其他的，唐幻隻字未提，淑英當然不明究理。唐幻不願道出她與藍明的那段往事，光是藍明兩個字都要立即引出汪汪的眼淚，她又豈能再死一回！

「媽從沒告訴我她的家人，她的童年，她的朋友。我媽是個沒有過去的人。」玉蓮說得心酸。

「就讓她這麼待著。她需要安靜，這妳也清楚。過去的就讓它過去，要是把真相全挖出來讓妳媽又病了，豈不更糟。」淑英勸慰著。

玉蓮在淑英口中探不到答案，也不再有其他人可問尋得到祕密所在。向父親查探，絕對在她意向之外。一個心虛的罪人怎可能願意把自己的過錯攤在陽光下任人踐踏？淑英是對的。母親近況相當好，阿玲的第二封信不再讓她愁苦得不能自己。若母親能保持現狀，玉蓮自該慶幸萬分。

「你就不能讓他們整理好一點？」

林闢寶見女兒對他不理不睬，耐不住地說。

除了掃帚劃過地板刷刷的律響，玉蓮連自己的聲音也不捨得施惠給父親聽到。心裡只是想——你的工作在廚房，這裡又干你何事。

「妳聽到我說話沒有？」林闢寶動了氣地問，香煙從嘴裡蹦了出來。

「這是媽允許的。」玉蓮乾巴巴地衝出口。

林關寶得明白唐幻是春華園的主子，在洋人世界裡哪有他的位份，最多也只能在工作之餘和極少數住在蘇黎世的華人打打牌，要不就到紅燈區小玩幾個小時。在蘇黎世，林關寶是隻被禁閉在油煙瀰漫廚房裏的蟑螂，變不出把戲來。

「我知道妳恨我，可是別忘了，當初是我林某人把妳們帶到這裏來的，我大可以把妳們丟在倫敦。」

沒錯，只是這種說辭不當出自為人夫為人父的口中，林關寶除外。他承認，過去是對唐幻做了不怎麼體面的事。奈何情勢所逼，他的決定，只是從一個賭窟的風雲人物脫變為毫無價值的過街老鼠又急需金錢的情況下所能擬出的下下之策。來到蘇黎世，他也曾試著補償唐幻，買給她首飾香水之類的，她卻從未正眼瞧上一回，如同對他本人，二十一年來不屑一顧。

唐幻上街購物。偶而能找到恰巧適合餐館的新產品，只是機會不多。淑英固定為她從香港訂購乾料，一些主要菜餚才不致缺貨。非假日的早晨行人不多，街道不得不空曠起來。唐幻的上街是魚在夢裡游，沒有衝撞，沒有阻礙，更沒有情感。一家百貨公司前的廣場上站有一面臨時搭蓋的看板，上頭貼著一張猩紅的海報。唐幻好奇地湊上前去看。

我們理想中的大學是——
有能力開設教育人所需的課程
有能力開設能夠促進真正民主的課程

有能力開設配合社會未來所需的課程
並有能力將合理的政策使命合法執行

兩個老先生就立在唐幻身旁。一個為他目盲的同伴讀了海報上的內容後，說：「他們的要求沒錯，不過，這些孩子還是得學習耐著性子。每次示威遊行都會帶來公共財物的損壞，誰去修？我們啊，就是我們這些付稅金，付他們學費的人。他們強調，公義是最重要的，可是他們的行為所導致的後果對我們是最不公平的。」

「年輕人只看到局部。他們的人生才剛開始，也實在沒辦法面面顧到。有創見當然好，不過還要多歷練歷練才行。」盲老人接腔。

先說話的領著他的盲友緩緩離開。

唐幻不甚明白海報上的要求，一般人的抱怨倒是時有所聞，尤其是在交通嚴重受阻時。她感覺到這祥和的城市正在蛻變中。餐館地下室裡聚積了許多修建物品，在一排長木板後頭的地上躺有幾個被硬扯下來的電話聽筒令她疑惑。她信任揚的作為，這些材料卻引起她莫大不安。

CHAPTER 8

蘇黎世 1968

白晝被時序拉長。六月的晴天朗朗，夜晚也溫柔。母親從英國帶回來的禮物在桌上左角躺了一個多月，揚終於有了拆封的時間。拿起一整張特殊設計白色封面的唱片，想起母親首見他光頭的情形，她先是驚訝地呀呀叫又突然煞住，才露出神祕的微笑。輕輕吻了他的光頭，又在他臉頰上捻了捻說：「談戀愛真的要這麼辛苦？」揚尷尬地咧嘴，原來母親熱烈靈敏得足以洞悉他鬱鬱的情愛。

相隨於凱琳天性的琴音，甚具煽動觀眾的魅力，正是她一場場成功演奏會的主因。揚的內在繼承了母親的熱，外表繼承了父親的冷，加以天生的憂鬱多感又理性，使他的性格離奇而迷人，像一球包以香草冰淇淋的奶油熱芋泥，任人狂吃瘋吃也不膩。

是披頭四最新版的專輯。兩張唱片，四面，三十支曲子，頗有份量的大方呈現。多麼偉大的發明！音樂可以製成薄薄一片黑盤具體拿在手上，讓人在唱針旋劃開頭的哧嘎聲裡，短暫興奮地等待未知。揚將唱片放在剛上大學時父母送的新唱機上，唱盤轉了幾圈便開始生出旋律。他合衣躺在床上，打算仔細看看這張專輯的設計，也聽聽曲子裡的訊息。

演唱者的四張大頭照全都若有所思地盯視著遠方。另有張海報，後頁密麻印滿所有的歌詞，前頁是多幀街頭攝影。照片裡凌亂的牆壁以噴漆寫上斗大的標語，也畫上著高領毛衣的金髮少年在警察的槍管裡植花；黃色布條在風裡招搖，一支燃著火焰的旗幟以及被焚去一半焦黑的身分證，全是這個狂飆年代清楚的標記。整支革命九號曲無詞無樂只是噪音的片段，男人女人悶聲的獨白，雨聲砲聲錄音帶的粗嘎聲，驚叫吵雜顛躓無序，是幅以音符彩繪無正無負可是可否的抽象畫。

揚感覺自己如同一名充塞理想懷抱熱情的傳教士。他的高昂在燃燒，胸脯滿溢滾燙的情愛。他閉起藍如汪洋的深眸，輕輕哼起You have found her now. Go and get her. 披頭四以Hey Jude 鼓舞著他躍動不已年輕的心。他有個任何人所沒有的愛人，是宇宙間絕對的唯一。他被唐幻所擄獲所附身而發狂。他擁抱愛的顛痴，淹沒在每一次呼吸由她操控，每一寸肌膚的伸縮由她決定，痛苦扭曲的喜悅裡。時間，時間轉變一切！他確信能找出一個不傷唐幻不傷玉蓮也不傷自己的解決方法。這條路已躺在遠方的某處就等待他的發覺。

何以唐幻令他如此無以自拔，真是無從解釋起。誰能說明為何地球自轉魚兒不飛？唐幻可以成為他母親的年齡不足以構成阻礙他熊熊烈愛的丁點理由。年齡無非是時間的標記，難道愛就不能貫穿抽象標記直達具體的人身？誰能干預自然，以規定愛的質量重量色濃色淡？誰又能反對哺乳的鴨嘴獸是卵生的事實？

從林關寶掌中救出唐幻是他當仁不讓的使命，每當想像那醜陋男人在床上粗暴地征服他摯愛的女人，無非是對他剔骨割肉最大的凌遲。他純美的愛人怎可被濃毛粗鄙的鈍手碰觸，被笨拙庸碌的身軀蹂躪！

與她一談是正確的抉擇，她明白他為弱者而戰的理念，贊成也接受了他。她直睜睜地不羞怯不猶疑地看著他，說話的眼代替遺忘原始功能的嘴透露令人欣喜的消息，她正試著去愛他，或者謹慎點，她正試著考慮是不是愛他。

揚耐心等待，如同深覆白雪的微小花苞，就待春陽艷照便要盡情怒放。

時候來臨。一個重要無比示威活動的時刻終於來臨。學生們從春華園地下室搬出木料工具直往火車站方向走。人群愈聚愈多，行人道上橋上電車交匯站上全站滿了示威者同情者以及為數最多的好奇者。人們慢慢由行人公地蔓延到車道上去，向滴在水面上的墨渲染開來，再也回覆不了一滴墨的原形。警方不歇息地廣播要求讓出街道以利汽車通行。

揚趕著到餐館取他應有的一份材料。當他將長木板移開，赫然發現，可能忘了拿或稍後會來拿，被扯斷了的公共電話聽筒。他先是不明白，思索一番才恍然大悟，原來有人不排除在示威中施暴！他立即奪門，驚恐地飛快跑向現場。然而，太遲了。人群已聚成一道道堅實的厚牆，情況已不再是先前他與其他各組長連絡時那般可以掌握。

學生散混在圍觀的人群裡，個個在他眼前卻又不知去向。明知已不可能讓他們將材料放回餐館，揚仍是不死心不放棄。他以肘撞人的腰以臂推人的背，頸冒青筋狂聲嘶喊：不蓋了，把東西放回去，把東西放回去，不蓋房子了，不蓋了！

然而，十張海報發揮驚人功效。許多陌生人興奮地帶著比所需還多的物品前來遊戲一場。揚看著自己的推擠聽著自己的吶喊，明白衝突的難免，示威將變成屠宰的必然。

警方繼續要求人群讓出通道。無效。電車汽車一律停駛。人人想在單調劃一的生活裡出軌一下週六夜晚不尋常的瘋狂。隱身在人潮裡便能放肆盲動，警察不敢攻擊人眾，道德可以放假，數千人集體等待一齣即將開羅的熱鬧劇。

在餐館裡正忙著的唐幻耳聞樓下的騷動，也沒時間探個究竟，直到坐無虛席桌桌點完了菜，才抽空登下。只見滿室物品幾乎搬拿一空，她不經意發現桌下的一張蘇黎世市街圖，幾個重要地點均以紅筆標示，火車站更是被圈了幾道。她心裡一陣強烈不祥，撂下樓上的工作往火車站方向快步走去。

接近目標時，她看到一長排停駛的車輛和極少的行人，聚積的人群與吵雜的聲響減緩了她的腳步。唐幻突然遁入那個清晰而遙遠的記憶裡。在一個建築色彩氣味與她潛沈熟稔對故鄉的認知完全相異的西方城市裡，在晴雨交替花開葉落幾多星球生滅宇宙多少更迭的二十一年後，那個朦朧悲愴的過往，竟在此時像蟹行發展的癌細胞牢牢盤據心頭，一步一個沈重，狠狠地痲痹她的心身靈，不惭地干擾她的呼吸與心跳。

台北　1947

唐家受邀去參加同鄉女兒的婚禮。父母與弟弟早已動身，唐幻的身體仍須多休息。春寒，總讓人病得容易好得慢。

已是二月底，年過得不怎麼光彩。新年也不敢奢想有新希望，即便有，也只是兒子能找到差事或攢點錢添個木櫃子什麼的小期待，國泰民安之類就讓它待在春聯上光耀傳統。自從光復，台灣人已被執政者欺壓了十六個月，尋常百姓能拖就拖能忍就忍，日子還是得過。

這日如常，士農工商依舊忙碌，行人車輛依舊來往，天，也沒變色。一名婦女與她年幼的女兒在街邊賣香煙。三個菸酒公賣局人員剛用完餐，出了吃店，瞥見賣煙婦人好欺，便動了念。邪惡就是這般，邪惡就是腦子裡缺乏除想到自己也應想到別人的因子。

「怎麼，妳敢賣私煙？」三個男人其中的一個說，還奪去女人的煙。

「請還給我，那不是走私的煙。」女人央求。

「妳不知道我們是誰。我們當然清楚這些是不是私煙。」另一個男人說。

「請還給我。我是寡婦，女兒又小，我們就靠賣煙過活。」

女人說著又指向她身旁的小女孩。

「販賣私煙是違法的，妳知不知道，全部的東西都要沒收。」

「拜託拜託，不要拿走。」

女人一急跪了下來。

不是女人膝蓋子軟，而是想，行了大禮可能還有丁點希望。沒料到有些人就愛被行禮，還笨拙得以為是對自己的尊敬與害怕，不懂得設想是對方有所求；或者是收了大跪禮，滿足了虛榮，卻硬把別人的希冀往腦後拋。

旁觀者開始聚集。

「我們窮，如果你要把煙拿走，就請把錢留下，我們還要生活。」

男人們覺得這女人囉唆又纏人，其中一人掏出手槍砸往婦人頭上，她流血倒地昏迷不醒，女兒開始哭泣，當場引發了圍觀者的怒氣。揍他們！揍他們！在喊打聲中，三個公務強盜拔腿逃逸。群眾一分二路，有的緊緊追趕，有的焚燒他們留下的汽車。逃跑強盜中的一個開槍，卻誤殺旁觀的一名男子，這名中彈的男人隔天竟死於非命。

第二日，鑼鼓出場，沿途傳告昨日的不義，並且鼓勵商家罷工罷市。長期被抑的憤恨情緒如燃燎乾燥森林的大火，無可收拾。民眾麇集，潮水般淹向公賣局，搗毀傢俱汽車腳踏車，辦公人員被飽以拳腳，門窗無一倖免，路上燃燒著被起出的菸酒存貨。短時間裡人潮積聚數千，軍警開槍熱鬧射擊。學生不到校，商店被關門，情況失控，秩序蕩然。

台灣人以日本語和台灣話到處探明身份，不懂這兩種語言的必是新來自對岸，也是被報復被毆打的對象。動亂滋養無恥，有人利用機會把搶偷盜騙幹得轟轟烈烈。廣播電台被群眾佔領，台北事件立即傳遍全島，中南部迅速響應，暴動於是全省蜂起。

南部港都民眾聚集街心，到警局威脅繳械，將大陸人趕入山裡。火車站邊藍明的母校是行動中心，學生與軍人拼戰，死傷成了自然情況。不久，台北電台終又落入非民選政府手裡，頒佈的戒嚴令如罩頭緊箍，使箍的人可隨時扎緊擠碎人的腦袋，戴箍者的身體只能隨著握箍人的意志行事。

民眾被沾了糖衣的警語威脅不得窩藏搗亂份子，並儘可能留在屋內不該出門硬要做屠殺的見證。唐幻憂心忡忡，家人不得歸返生死未卜。她住的那條街一片死寂，槍砲聲卻遠晰可聞。藍明呢？這時刻正是他驗證理論與實際究竟有幾多距離的契機，絕不可能仍在浴室裡邊洗澡邊唸記一長串拗口的疾病洋名。那麼他只有一個去處，去到一個能將自己污染成壞份子的地方——如同當局對他們的稱謂。

由於情勢相當混亂，藍明及朋友不但無法相互聯繫，也不知彼此的去處。過了好一陣子，藍明和楊克立才分別回到住處。

「你也去了總督府嗎？」楊克立問。

藍明點頭。有著一頭的凌亂與一身的骯髒。

「我沒去成。我跟人群經過校門口時，看到警衛被幾個人包圍，他們來勢兇兇，我趕過去解釋說，警衛雖然剛從對岸過來，人好得很，也跟我們一樣都是被欺負的。這些人連聽都不聽，馬上動手打我們。還好只是幾處瘀傷。要是我沒碰巧經過那裡，警衛一定會被揍個半死。」

楊克立解釋他沒能參加的原因。

「大家都氣得失去理智。台灣人也夠苦的。十六世紀末葡萄牙人來過，十七世紀中是荷蘭人，然後是反清復明失敗的黨羽逃到台灣，把我們當成復興基地使用，再來是日本的殖民，現在我們還要跟這批強盜一起生活。所有人都只想從台灣撈到好處。」

藍明沈痛地分析，兩道眉被酸澀鎖在一起。

「你那邊怎麼樣？」

楊克立對自己的缺席不滿，想探知究竟。

「我跟大家一起行動，打算到總督府討回公道。傷了那女人的，殺了那男人的都應該受到制裁。沒人相信當局會公正處理，他們包庇自己人，我們的苦只能往肚裡吞。大家根本還沒全到齊，機槍就開始掃射，前面的人倒了一大半，其他人都跑了。」

「無法無天！」

「有，當然有，有法有律還有戒嚴令。有權的愈有勢，我們只是砧板上的肉，要剁要剮全隨他們的意。」

藍明說得眼瞪齒切苦諷交加。

「現在要怎麼辦？」

「我還不知道。目前情況不明，事情會怎麼演變還很難預料。不過，至少他們知道台灣人的忍耐是有限度的。」

「又能怎麼樣？」楊克立另有想法，「他們有軍隊有武器，我們只有廚房裡的菜刀。抗爭得愈厲害愈會受到壓制。」

「所以我們才要組織起來共同行動。單打獨鬥一定會被各個擊破。」藍明說。

他似乎有了主意只是不願明講。

「你的意思是……」

「還不十分清楚，可是我們一定要有人。」

「這不是問題，要多少有多少。」

「沒那麼簡單。這是長期工作，我們的人必須能把自己看成是搞革命的，而且不能有家累。」

楊克立想了想，嚴肅地說：「你在計畫政變？」

他突然明白，藍明認為小格局的騷動難成氣候。

「有可能。」藍明簡答。

他的大腳大掌是專為幹大事而生的。腦子裡的絲絲縷縷只消剝剝揀揀，朦朧的雛形也很快變得有模有樣。

「要不要現在上街看看？」楊克立提議。

「小心，就怕又有軍隊登陸。先聽聽收音機，看看他們又扯些什麼謊。」

天雨。藍明又經驗了暴力。無計畫的搗亂雖不能成戲卻能出氣，運氣好了，奪得武器也才好辦事。一位住同街失業已久的台籍日本兵偷詢藍明參加他們在警局行動的意向，藍明爽快答應，待計劃擬定後便幹上了。他們先剪斷電話線，丟擲砸撞，所有眼目所及均是搗毀的對象。毆打繳械，警察竄逃警局被佔。小小勝利後，藍明立刻離開現場，以免被有心人注意而壞了日後的工作。

他已有數日沒唐幻的消息，正憂心她的家庭背景在這場動亂裡恐怕難以倖免，藍明決定一探究竟。他一路戰兢唯恐被盯梢，只要遠望有可疑的人便立即轉街。他在雨中彎彎曲曲來到唐幻家，只見素樸的小房子還站得直挺。他焚火一般等不及要告訴她，這幾日來他是如何緊張困頓沒有時間思想她。

唐幻正等著，即使不曾互約。她定坐在屋裡一逕執著地等他，領他入房，遞給他乾身的毛巾。在這麼個陰暗潔淨的小斗室裡，他們雙雙受到柔情的侵擊。窗外雨聲連連，窗內只有他倆的呼吸與熱氣。是的，熱氣。當兩個年輕裸露的肉體交纏重疊總會產生羞澀微醺的熱氣，它升騰擴散佈滿整個空間，讓這芷若小室翻變成聖殿般的高潔與光輝。紅粉氣氳是兩個洋溢歡欣又相互從屬軀體的透明色澤。當藍明碰觸到唐幻溫暖潤潔的胴體，每條神經便脫殼外揚急急尋找令他全身戰慄的刺激。唐幻的溫存擊潰他緊繃情緒的水閘，肉體的興奮癱瘓他的凌厲思考，他只是跟著感覺游移，深情地吻她，忘我地愛她，最後在她身體裡遺失了自己，直到從幽幽暗處傳來一聲嬌怯的呢喃：我可是你的新娘？

妳當然是。現在是永遠都是。

斜雨拍打窗牖，小室裡正盛開兩朵芬芳的靈花。這一幕當是深印在唐幻腦海裡，如果不是被那昊天不弔的另一幕所取代。

藍明的預想無誤，軍隊已登陸。暴動後的一週，中國軍隊再度從基隆上岸。開槍射殺碼頭工人不需預警，行徑不夠殘忍如何能鎮壓百姓。無辜蒼生沒命地逃，號啕喊叫充耳不斷。商店快速關門，槍彈在街道上勁舞，城市已死。

接下來的那天，市井更是被蹂躪，首都有著墓園的沈寂。槍枝尋找移動的標靶，任何抗拒的火苗終歸被踩熄。軍卡載走一批批喪膽的年輕人，街道旁躺著來不及回家的人屍。軍人強行進入民宅，說是逮捕叛亂份子也順便搶錢搶女人。他們代表所有那一類的生物，是種令人遺憾泣首，鄙劣而無恥的存在。

家家窗門緊閉熄燈禁聲，正是死神掌控人間的時候。晚間十點一過，機槍是以噠噠的出彈聲上場，卡車在路上呼嘯，空氣中飄撒著濃濃的彈藥味。這夜，子彈在台北市穿梭；這夜，無數學生含冤斃命；這夜，許多知識份子無辜被害；這夜，毀滅性的處決是鬥爭舞台唯一主角。執政者想保有政權如同三歲孩兒害怕被同伴搶走玩具熊那般地膽戰心驚。

這年的春天，草不綠花不開蝶不舞鳥不鳴，人們只聽到淡水河的嗚咽遙傳千里。

暴動過後，唐幻的家人平安歸來，再見父母及弟弟令人慶幸。平日的生活雖再度恢復，只是，人把話說得小聲，把政治塞入袋裡不談，把公共事務擱在牆角冷漠對待。

母親警告唐幻和弟弟，沒了規矩的社會不像昨日種種，因著好奇窮攪和便可能惹禍上身。輕嘆氣的母親說：「老人家講，太聰明太伶俐就會遭天忌，還真是不假。賣魚的陳太太，她兒子就是這麼個例。這年輕人對他媽可真是孝順，幫上幫下的，聽不到一句怨言。　簍子沈甸甸的魚，他就這麼一下抬起，把魚整齊排在水泥攤上，刮鱗剖肚，俐落得很。陳太太老患背疼的毛病，他就一下下給他媽按摩，直到她舒適了。上個禮拜外頭正亂的時候兒，他好奇跑出去探，心眼兒直就這麼想，反正也沒做錯什麼，別人也不會對他怎麼著。沒想到才走到十字路口兒就莫名其妙給斃了。子彈從左邊太陽穴穿過去，腦子都流了出來，真是慘。屍首被抬了回去，照習俗，兇死的是不能進家門兒的，只好在屋外搭個棚兒，頭向家腳向街放在棺材裡。陳太太成天哭，把眼睛都給哭瞎了。可憐吶！」

這個節骨眼的唐幻就好像成天捧著顆心在手裏跳。不是陳太太兒子的例子嚇人，饒舌吳太太嘴裡哪怕吐不出更是有理說不清的冤屈。別人的不安穩頂多是搖首嘆息，唐幻的擔心受怕令她食不知味睡不成眠。不是憂心時事而是藍明讓她折騰。

那天下午，他只把過去幾天的行蹤交代一遍也暗示有更重要的事必須處理，最後再三囑咐她無論如何儘少出門，並答應情況明朗，事情辦妥後再來看她。幾天過去，藍明未曾現身也不梢來隻字片語。等待是種逼使所有精神集中在數秒數分裡度時度日的刑罰。唐幻決定出發去找他。

什麼時候街道被塗以黯淡的色調，一切顯得陌生而奇異，行人戴起驚恐的面具，從容悠閒全成了過去。藍明的腳踏車不在屋外牆邊，是第一個失望，敲了門只是楊克立出來探，是第二個失望。藍明顯然不在房內，唐幻的一顆心開始在胸膛裡猛烈衝撞。

「藍明在哪裡？」

兩人見面同時急急發出同一問題，當然誰也得不到答案。

「妳最後一次看到他是什麼時候？」

楊克立先於唐幻提出第二個問題。

「一個禮拜以前。你呢？」

「四天前。他只說去跟幾個人會面，也可能把他們帶到這裡來，以後就再也沒有消息。」

「怎麼辦？」

唐幻問得哽咽，淚水也早已在眼眶裡兜轉。她拒絕再繼續想像，這樣的時節加以藍明的性子，任誰都無法奢望有好結果。

「別擔心，可能他必須突然趕回高雄。我們再等幾天，一有消息我立刻會通知妳。現在我送妳回去，免得出錯了，我對藍明不好交代。」

楊克立安慰著唐幻也安慰他自己。

藍明確實失蹤。他的物品還散放在房裡沒有收拾，明顯沒有長期離開的打算。楊克立周到，將有關馬克思主義及其他共黨的書籍藏得隱密。他決定去找。楊克立決定去屍體被發現的地方尋找。

藍明是到林子裡跟其他學生會合討論暗殺行動後的兩條逃亡路線。楊克立被安排留守和高田一塊擔任聯繫的工作。按計畫，藍明應在五小時內回到住處。四天過去，能再見他的機會已十分渺茫。這，楊克立更是無法對唐幻提起。

近來，時時有無名屍被發現的消息，唐幻了解藍明的行事為人，她有理由往壞處想。兩天已過，租屋裡的那兩個男人均未出現。唐幻把如麻的心事窩藏給自己，瞞著父母，她決定出去尋找。唐幻決定去屍體被發現的地方尋找。

一個城，如果時不時可在某個水邊某棵樹下某座橋墩旁找到一具兩具或成群無從驗身的屍體，便不再是個城，而是與地獄為鄰的鬼域。唐幻與她的期待下注，只要不見藍明的屍體，他便還活在人間。

五具人屍從橋下被拖出，全被刺刀捅心捅腹。兩個還睜眼看世界，究竟是不捨還是不甘，令人費思量。藍明不在。七具屍體從池塘撈起躺在草上好些天，蛋白質開始腐壞，蒼蠅聞臭而來，繞著被槍殺的人體旋轉不停，代替家屬悼祭。四個被認，另三個的家裡還不知道失蹤的人不但死得不得其所，死後還得被陌生人遮鼻掩口嫌惡地觀看。藍明不在。兩個十七八歲的學生躺在街邊，子彈自左耳打進貫過全腦從右耳穿出。藍明不在。

一聽到某處找到屍首，唐幻便一股腦地飄至現場，抖索著身子竊喜地觀看那些非藍明的，被強權殘殺的軀體。可能見到藍明被殺的恐懼，以及不願見到藍明是屍首之一的希冀，將唐幻的內裡撕裂成千千萬在暴風裡狂亂飛舞的碎片。

她不眠不食，木人兒似的走遍她與藍明曾去過的地方。想像在某個角落撞見他，向他哭訴她的煩憂，生氣他的不告而別，別而無訊，要他聽她哄她寵她愛她。唐幻的想像不曾發生，也永遠不會成真。

那天，唐幻來到常與藍明攜手共步的河邊。太陽很好，是個美麗的夏日。河岸卻不尋常地集了許多人，各個行動詭異。幾個男人擺著長篙困難地在水裡攪動，唐幻緩步走近，一瞧，可怖！從河裡撈起的屍體並列在岸邊，有的沒了首級，有的缺手斷腿，有的眼球突出，有的全身裸露只剩一隻鞋。連日來滿眼死屍的鍛鍊支持她一步一驚恐地看到五具腳踝被鐵絲串在一起年輕男性的屍體，全赤著身。她巡過第一個，然後第二個，然後第三個，然後唐幻立在第四具屍體前。她沈靜無聲端詳良久，猶豫著，是不是可以認出，應不應該認出，可不可以認出，或是，她必須認出來，那人的確是藍明無誤！被割除的靈敏的耳不再辨別聲響，聽不到她嬌怯的呢喃。被割除的高聳的鼻終於歇息不再伺尋她的髮香。而那使她由少女蛻變為小婦人的生殖器也已被判與他的身體永久分離。兩刀入胸兩刀入腹，十隻手指不殘留一片指甲，全身覆滿淤血處處。是的，她必須認得出來藍明慘遭凌遲而死，藍明被他曾寄與最高期望的政權蹂躪而亡。他聰明的腦子不再思考，看病的雙手不再安慰，伶俐的口舌不再雄辯。唐幻釘站的處所前直躺著什麼物體？她應該如何反應？藍明在唐幻看到自己這般的呈現，究竟會希望她做什麼反應？她屈起雙膝緩緩下跪，在著地前的片刻，她的身體故意延遲，延遲她親近藍明承認事實的時間。然後很輕地，她很輕地將臉貼在他的胸前，再聽一次，當真沒有心跳，只覺一片淫寒。她把長髮披散覆蓋在他腫脹發白的軀幹，他的髮妻為他帶了件錦緞織成的黑髮衣。她閉起眼微笑地哼起搖籃曲，小聲得只有她與她的藍明聽得見。突然間她的身體輕輕飄起，上升呀上升，去到明亮的朝陽深廣的藍天與柔軟的雲朵相遇。她是乘風而行輕盈翱翔的飛鳥，看到潺潺溪流裡晶瑩的小石，看到草原上翻滾嬉戲的孩童，看到峻山深海以及追逐飛舞的繽紛彩蝶。此時此刻我不在，唐幻如此告訴自己，任何有形無形具象抽象的感知與我毫無關聯，此時此刻我不在……我完全不在……

沒人知道唐幻去了哪裡也沒人知道唐幻是怎麼回到家裡，只是從此生活裡有了大轉變。她不再到處去搜尋，鎮日安靜乖馴待在家裡微笑，像尊美麗的金菩薩。除非母親叫：把竿子上的衣服收了吧，她才踱到園子收下一襲乾衣坐在床沿微笑。除非唐安叫：姊，吃飯了，她才徐徐左手拿碗右手拿筷坐到桌邊微笑。父母恐怕她是得了瘋病，原因卻沒人知曉。鄰家吳太太總說，是前陣子常在外頭亂亂走去煞著；其他人說是主神被歹物給拐了，要母親去廟裡乞些香灰給她消災。不知喝了幾多香爐泡製的灰水，唐幻嘴角的微哂與直視的明眸也不見有任何變化。情況不但不見好轉，每日晨起還要乾嘔得死去活來。母親道是唐幻身子裡躲著小鬼專吸她的精氣，只是小鬼的來處及因由卻又說不出個所以然。

唐幻真是病了，身體精神都病了。林關寶走動得更加勤快，門檻踩塌了來探唐幻的病，滋補的營養品更是每每順手帶來，跟唐父談跟唐母談，貴重的禮也送了，安慰的話也講了，最終是提出娶唐幻過門的要求。

「你明明知道我家女兒病著呢。」母親也只能難過地說。

「這沒關係，我那裡寬敞些，陽光也較充足，對她總是好。再說，我們兩家住得近，你們隨時都可以過來看她。」

林關寶把所有對唐幻的好處排在聽起來悅耳的第一順位。

唐家夫婦也實在找不出拒絕的理由，特別是現在女兒正患著失心病，一時好不了。即使好了，街坊鄰居的口堵也堵不住，將來嫁人也不見得容易。這異鄉來的提親人沒家累，不擔心被惡婆婆挑剔，雖是外貌上有些缺失，其他也沒見他做非做歹。能隨時看到女兒才真是令人動心的條件，兩家可隨時往來，女兒嫁不嫁人也就沒什麼兩樣。婚事柢定，婚禮也於是開始籌劃進行。

唐幻必須在藍明還是肉不離骨時嫁人，是什麼樣一個道理！

待嫁娘第一次上美容院，從鏡裡目睹長髮被大把剪下，卻不像當年拼死護髮與父母整整拗了幾日才平息。新式俏麗的捲髮看起來雖精神，卻掩不住她的消瘦蒼白，挽面時的輕微觸痛也不能把她從恍惚裡喚醒。新娘歡喜出嫁的嬌羞在唐幻臉上看不到，反對被安排婚姻的抗拒在她身上尋不著。

唐幻是乖順的小女兒，迎合母親所有的要求，不違抗不執拗一切遵從規矩本分謹守。林關寶請人粉刷新房，備妥了張西式彈簧床，還買齊鴛鴦被龍鳳枕是一色水紅，上頭更鋪有一條嗆艷俗麗的大床罩。

大喜的日子。唐幻失魂地跟隨指示行動如同戲班裡的玩偶。酒席就設在唐家。父親把修理器具塞往牆角騰出空位好擺上圓桌，母親大半天忙在廚房裡要洗要切要煮要炒，對著漠漠然幫忙遞碗遞盤的唐幻叮囑一般人嫁女兒所應有的那一串繁瑣。病女兒出嫁，唐家希望愈簡單愈好，林關寶隨意，也樂於負擔所有費用，只要能將唐幻娶回家。

時辰挨近，阿玲就是親姊妹，在房裡幫新娘換穿紅禮服。新郎著一身簇新黑西裝黑皮鞋，以為可以粉飾他的粗陋淺鄙，沒料到卻更擴大欲蓋彌彰的喬裝假扮而顯得突兀可笑。各人就座，新娘由女友陪同從房裡款步出來。著一襲紅艷長旗袍的唐幻更顯得端莊消瘦卻絲毫不掩她的美，如同藍明對她的形容，是真正一朵清新秀麗的粉蓮。

母親啜泣不止，阿玲頻頻拭淚。唐幻靜坐在椅頭上眼裡一片空曠。母親給新娘挾菜，哽咽地說，吃啊，孩子。唐幻這才慢嚼兩回徐徐吞下，一點也不改表情地眼中無人嘴角有笑。唐安吃得津津有味，唐慶搖頭嘆息，而林關寶是這場子裡唯一有說有笑的丑角。

這就是唐幻的婚禮。沒有鮮花喜糖，沒有樂隊鞭炮，沒有賀客盈門，也沒有新郎與新娘。

夜深，半醉的林關寶帶著他的新娘回到洋樓。旗袍的無袖高衩應讓唐幻覺得冷，只是她已無法回應。前庭大樹又是枝葉繁盛，暗夜裡顯得沈重而神祕。雪子的魂魄應是歡迎唐幻入進她的故居當主子娘，只是鬼魂不識人間事，唐幻的滄桑才正要開始上場。

林關寶領著新娘登樓，尚未完全消散的油漆味迎面撲來。拉開房門掀開床罩，月光皎皎映照新人床。林關寶急急忙忙把自己剝個精光，微感驚訝，閨女唐幻面對一個裸體男人的鎮定與從容。他下體沈重情慾亢奮地一件又一件退去唐幻的衣裳。新娘仍舊張著不見底的眼眸怳惚而茫然。沒料到事情會如此順手的林關寶猴急氣喘將任憑擺佈的新娘蓋入清涼匠俗的水紅被，才知道操弄一個美麗的玩偶會是這般輕而易舉令人歡愉。他垂涎地舔她，粗重的手搓揉她白皙稚嫩如兔的雙乳，死命讓自己成為最幸福快樂的男人。這是場與姦屍相去不遠無聲無息的寧靜強暴，在連牆角的蟑螂都不受驚擾下和平完成。激亢半晌，這餓狼竟突然狠狠將柔順的小羊一腳踢下床，並喝道：操，妳這臭婊子，什麼時候給人睡過了。

唐幻，雙手抱胸雙腿蜷曲縮捲在床腳，月光銀灑她的精赤條條以及嘴角那朵微笑。

是誰殺害藍明？是誰讓這棵臨風的玉樹傾倒？當權者以殘酷手段扼緊百姓咽喉令他們瀕死而不敢發聲，更侵奪持反對意見者的生存權以為從此可以天下平。被處決的人當中有多少是規矩生活的小市民卻無來由地橫遭厄運，原本只是數月的風聲鶴唳卻演變成一拖數十年造成多少冤屈敗碎的時代悲劇。藍明與唐幻的例子不過是人見人忘天海繁星中的一小顆而已。

成了林太太的唐幻就住在洋樓裡，唐家夫婦、小唐安也不時來走動，日子並不改變多少，只是沒人知道她想什麼或者她是否仍舊思想。

娶了嬌妻的林闕寶對生活無所挑剔，不料生意卻出了岔子，折騰好一陣，原來分贓不均才是問題的關鍵。林闕寶隻身來台，手下全在香港老地帶，單獨行動無異於羊入虎口，想全身而退得用點計才行。

不久，林闕寶被約見，雙方協議不帶傢伙，單獨會面。

「阿寶，規矩你應該比誰都清楚。」劉剛說著翻了翻掌心掌背。

「我一直是乾乾淨淨的，生意得做長期才夠本，咱們一起賺一起花，從來不出錯的。」

「還有百分之十，阿寶，我那些兄弟對你不太滿意。」劉剛威脅道。

「怎麼會？一直都是這麼算的。百分之二十孝敬海關，我拿三十，其他五十由你們去分。」

「不對，總數不對，我聽說少了百分之十。」

劉剛嚼著檳榔嘴裡一片殷紅。

「有人造搖抹黑，你得相信我，我們生意好，人人眼紅，故意讓我們內鬨拆夥，打算趁機而入。」

「夠了夠了，閒話少說。」劉剛朝地上吐了口檳榔汁，「下個禮拜，老地方老時間而且要付現。」劉剛給了期限也開出了條件。

「我要真吞了百分之十，哪裡來的現金？」林闕寶說。

沒錯。林闕寶從不上銀行，更不相信任何人，是個不懂想像只能被感覺牽引的莽夫。他的確沒有現錢，他只買金，買金條金塊，手裡要能握著點東西心裡才覺得踏實。

「別忘了我可以在一小時內集到二十個兄弟。」

劉剛撂下這句話又吐了口檳榔汁才揚長而去。

台北非林闕寶的地盤，他只有一個禮拜的時間，這事棘手又複雜非得謹慎計劃。他打了一個早上電話又立刻搭火車南下高雄。四天後的黃昏他帶回一桶汽油及一件孕婦裝。當晚，唐幻的腰部被纏綁金塊又穿上長衣扮成孕婦。所有分藏在邊間的香煙全被集中起來，帳冊也被撕成碎片。夜半，他等到一部黑車悄悄停在洋樓門口，快速將汽油澆淋在煙堆及大件傢俱上，劃亮火柴，頓時火焰高衝，他領著唐幻迅速登上神祕轎車立即往南飛馳而去。別墅陷入火海，再也無法收拾。唐幻的童稚年少以及對藍明的愛全被這把無情火燒成灰燼斷層她的生命。這名羸弱女子被迫剝離親近家人熟悉世界，未知正展開雙臂等著她非自願的到來。

高雄，藍明的故里。這座亞熱帶港都原本可能成為唐幻的第二故鄉，可以在此開始新的生活，養大孩子，做個稱職的先生娘。現在一切都已被迫改觀。藍明已死，唐幻的生命如同一顆卒棋任人翻撿擺佈。

港邊的夜空似乎更高了些，星兒也忙著閃爍，除了馬達聲這是個安靜的夜。小船上有三個男人。一個掌舵，一個收繩，一個領著林家夫婦進艙。人員抵定，漁船輕巧無阻滑離岸邊駛入黑水。汪洋中的小船浮沈在浪波上無止息地搖蕩，嫌惡的機油味更令唐幻嘔吐得掏心掏肺。她不只是暈船，那件粗簡的孕婦裝正好配合她的情況，唐幻的腹中正懷著一個胎。

香港 1947

藍明的慘死，非自願的婚姻，洋房的大火，與家人的生離，前往香港顛簸的船行，耗盡唐幻心神令她形銷骨立氣息奄奄。她躺在潮溼的房裡瞪大眼睛看著天花板上的壁虎如何吞噬蚊蠅。老鄰居王媽踮著十公分長的小腳一有空就往房裡探。林闞寶託她看顧唐幻。老人家瞅著楚楚可人的小妮子不由得心生憐憫，意不容辭地端湯送飯勸吃勸喝，巴望她能趕緊精神些。

林闞寶湮滅欺詐證據逃離台灣的大計得逞，一到香港便有如被擒數日的回林鳥，終於又能自在逍遙，很快就開始他的新買賣，只偶然回到山丘上的小屋來。

小磚房是林闞寶的故居，座落在不到十戶人家的死胡同裡。早晨女人們洗完衣裳晾在屋前的竹竿上，小泥孩兒就在竹竿下穿梭玩耍。豔陽高照了，便是曝曬被褥梳刷滌洗的好日子。傍晚時分，木盆子盛滿溫水，母親吆喝孩子洗淨身體還厲聲著，不洗乾淨就不給吃的假意警告。海風吹散裊裊炊煙，煤炭粒子到處飄遙，整條巷子彷彿罩著一層薄霧，晾乾的衣服得早點收起免得平白招惹煤灰。男人們下工彼此寒暄或在屋外只著短褲一條就著木盆子洗起身子來。如此的居家氣氛對唐幻真是好，有時她撐著身子倚在門邊，怔怔地看著人生。

王媽真心為唐幻費思量，待她比自己人還親。唐幻是否有所感，倒是沒人知曉，王媽也不在意，只希望唐幻能一天比一天硬朗。

「妳得把這碗藥都喝完才行。」王媽說得語重，心也長。

她端來一碗濃濃的黑湯汁，還燙手得很。唐幻不言不語也不動。

「我知道這藥苦，可是妳沒聽過呀，良藥苦口，忍著點喝下了對身體好。」

王媽請了景大夫給唐幻看病，把了脈也開了藥方子。她還特別叮囑自己的媳婦，去買菜時得多走幾步路，到五金行轉角巷子內仁德堂老主子那兒，才抓得到老實的藥。殷殷地等了個把時辰，這才小心翼翼用小土灶子將三碗水煎成一碗讓唐幻服下。

「等妳好點了要拼命吃東西。這麼瘦的身子肯怎麼養肚裡的小孩。」

王媽的叨絮叮囑逐漸甦醒似乎不在生活裏的唐幻，她總也不嫌煩。幾個月過去，她從屋裡走到屋外，走出人人對她好奇的巷子，走下沿著小丘修建的石階，走進吵雜躍動的市場，走入細碎煩瑣的香港生活。她試著自己購物，自己做飯，練習認識週遭的環境。孩子們都喜歡話少更不像自己母親那般嘮叨不休的唐幻。

她的身體一天天變化，偶而的胎動令她感到一個生命在另一個生命裡的神奇。藍明在她體內活著。他以另一種形式存在她身邊，以另一種形體佔據她的身體與心靈。他拒絕在另一時空的生命，要永恆與她相守。老天憐憫，原來通過死亡人才能無休止地重疊合一。唐幻如此想像更是如此深信不已。小丘上的生活祥和寧靜，只有林關寶回來時，她才不由自主煩躁不安不願出房。

唐幻愛雨。愛聽雨打鐵皮雨落水缸的聲音。下雨的日了，小屋到處溼黏，她敞著門坐在木椅上，蒼蠅進屋來舞在她的腳邊。她微笑地看著門外的雨簾，覺得被四面雨牆包圍是多麼幸福又安全。

時序轉移，小生命掙扎著要來到人間，陣痛扯人心肺，每塊肌肉緊繃如弓上的弦。唐幻以專心一致感覺自己的痛來分擔藍明身上的痛。只要她痛得愈厲害，藍明便痛得愈輕微。他不該單獨被刑訊拷打，她應該也一同被羞辱折磨。從腹部的不堪忍受，她深刻了解他的苦他的痛他的恨是怎麼樣的一種怨懟與切齒。

整整十二個鐘頭過後時機才成熟。唐幻不叫不喊，而是內裡的氣被擠壓至喉嚨觸及聲帶所爆出的聲響，孩子就此跟著滑出娘胎。王媽幫著接生婆把嬰兒洗淨了放在母親身旁。唐幻端詳初生的女兒便開始抽泣。孩子的眉宇與藍明是一模子地像，任何人都可一眼認出這孩子是藍明的親骨肉！

產後的虛弱撩起愁鬱的心緒，無以遏止的淚是暴雨後潰堤的滔滔滾水，以彌補目睹藍明屍首下嫁林關寶離開台灣親人曾經缺席的痛泣。唐幻錐心，一逕哭到昏迷。

把女兒取名玉蓮是因為玉代表藍明風采的高潔，蓮代表藍明喜愛她的不染，從此三個生命便要緊緊相依相靠。

年來年去，唐幻逐漸過慣小丘上的生活，集聚父母性格象徵為名卻不識生父何人的玉蓮，好奇好動的性子雖帶給唐幻無比生的力氣，她仍舊是少言少語恍惚如霧起。

唐幻必須活著，必須像所有母親一般把女兒帶大，即使她只是一株植物那般地活著。

CHAPTER 9

蘇黎世　1968

預期心裡受阻必定產生挫折與焦慮。紅燈必須等候過久，導致交通動線被截所引發的不耐便是一例。蘇黎世市中心的交通再度嚴重受阻，這次不只引起開車者的憤怒，連那些使用公共交通工具的小市民，也就是學生所要爭取支持的對象，也有滿腹牢騷。

馬可剛結束一檯急刀，疲乏得恨不得像搭乘電梯一般，一按鈕就能從醫院立即被移送到自己的床上。他必須穿越市中心才能回到座落在蘇黎世近郊的家。當他駛近火車站時，無可選擇地也陷入車陣裡動彈不得。

不久前出於好奇，他特地以譏諷的態度去瞧瞧究竟學生熱中於什麼樣驚天駭俗的革命行動。那一小場青黃不接的演講就在汽車引擎及建築工地的雜吵聲中很委屈地舉行。演講者的前額頭髮幾乎遮滿了眼睛，鼻樑上那付過大的眼鏡讓他看起來活像隻貓頭鷹。由於緊張吧，持麥克風的手輕抖個不停，把原來已太微弱的聲音更是震得支離破碎不知所云。馬可沒站幾分鐘便揚著早知如此的神情離開。

現在這群毛躁小子又在金融中心的中心硬闖出個大麻煩，使得馬可開始考慮下次選舉是否繼續支持這屆市長所屬的政黨。回不了家索性下車看個明白，揚是否也在示威群中。他的光頭讓馬可極為不安卻也未曾就這事發問，他不願聽到「成年人對自己身體有自主權」那套理由充足卻冷酷無情的答覆。

當手腳冰冷心跳劇烈的唐幻走近火車站時，學生與警察的衝突正剛開始攀升到最高點。由於趕不開侵佔車道的群眾，警方的水喉於是執行起公權力所賦予的神聖使命。

水管是支強壯有力難以駕馭的魔術指揮棒，所到之處立即讓群眾高高低低合奏起口哨交響曲，卻誘發水管指揮棒更強勁瘋狂的舞動。重的石塊飛得低輕的花盆飛得高，玻璃瓶在地上滾動鐵鏈條在人的身上爬行，以鋼鐵片砸以下水道蓋擋，木棒木箱也都上了戰場。建築材料成了圍堵堡壘，釘刀鎚鋸最適合割斷水喉水管。警察雖是經過訓練有組織的國家公器，卻沒有從動亂的群眾裡篩認誰是擲瓶者誰是看戲者的能力。他們的拳頭與橡皮棍或攻擊或自衛，學生抓起任何能到手的物品投擲，傷的傷號的號，叫囂、扭打、推擠、謾罵，何事讓公民之間彼此互相攻伐？

一名女子邁開大步縮起短裙狠丟一塊石磚，或許因為性別特殊也可能在兩波攻擊之間出手明顯易見，立即遭到逮捕。一名青年分明已收手放棄卻被憤怒又尋機報復的警察補上一記。叫陣後拔腿就逃的，被木椿絆倒而臉部嚴重擦傷。特別頑抗被抓緊領子踉蹌拖走的，必會被登錄記上一筆，只怕往後在職場上要比別人吃虧許多。

揚是部強力鑽土機，在密集人群裡闖出僅能容身穿越的小道直達最前線。他最不願看到的，腳踹拳擊棍棒齊飛的場面卻大剌剌在眼前上演。他乾扯早已嘶啞嗓門的勸喊在眾多雜響裡也只能嗡嗡和鳴。兩造交鋒的殺戮戰場，和平使者要人清醒領會的福音根本多餘而不搭調。可憐那原是浩浩然自詡為弱勢擔綱請命的揚，卻淪為多事絆腳的阻攔。

在人牆外頻頻張望的唐幻以為可以很快在長髮群中找到為表明心跡不惜剃光頭髮的痴心男孩，卻連真正現場都無法靠近。她步步踩近直到再也沒有容納一隻腳的空間而恰巧立於馬可身邊。他們彼此自是不相識。揚對唐幻的感情仍是他的最高機密，即使有昭告世人的一天，恐怕馬可也是最後得知。並排站列，以揚為底限緊緊相繫在隱形絲線兩端不識彼此的兩個人卻有一共同目標，多麼離奇的巧合。而巧合的內涵是對摺又對摺後的剪紙，打開來不多角不少弧，無一處不像，都希望能夠找到揚或更好不見他在現場。馬可只奇異於這名看起來心急如焚的亞洲女人與純蘇黎世市政何關，卻完全不知道這陌生女子之於揚比他之於自己親生兒子重要太多。

多人被捕後騷動明顯平緩，有所求的一方逐漸撤退，看戲的知道了結局也就沒有留下的必要。火車站裡外只剩著制服的警察，出事現場外圍也被警方圈堵以確保失而復得的領地。學生的戰鬥力已消退，人群散去，交通恢復，馬可極為不悅地驅車返家。

突然失蹤的母親平安回到春華園，玉蓮自是萬分欣喜。先前因工作密集無法分身外找的煎熬終於得以舒緩，只是母親憂心的神情引起她的疑慮。先是按捺不問，直到打烊回家，玉蓮體貼地為母親泡了杯熱茶，才說：「妳上哪兒去了，媽媽，我跟跑堂的安娜都快忙翻了。妳不是只下樓去拿東西嗎？我到地下室找不到妳，真是急壞了。」唐幻靜靜看著冉冉上升的茶氳，似乎沒聽見女兒的說話。玉蓮的擔心又悄上心頭。這次她完全不理解母親失神的原因，近些天來並無外來刺激的徵兆，難道是她在失蹤短時間裡親睹不尋常的一幕？那麼為何她在工作正忙時必須外出而看見不該看的事物，或聽到不該聽的言語？玉蓮立刻轉移話題試著說得輕鬆以掩飾自己的不安，以免加重母親的情況。

「我想揚也一定很開心，又可以把地下室回復整齊。」

唐幻突然站起移走到窗邊。任何有關揚的一事一物對唐幻都是一種電觸般的刺激，一種塵埃落定後的再度翻攪。玉蓮靠了過去將母親的手夾於自己的兩片掌心溫柔地說：「妳為什麼不高興，媽媽，什麼事讓妳不開心，妳告訴我，我是妳女兒啊。」

玉蓮永遠忘不了母親在倫敦過了三年什麼樣的日子，是什麼樣一種以理智以感知以手段逼使組合一個完整人所不能或缺的身與靈強行剝離；那樣半人的誕生是什麼樣一種在靜謐中所進行激狂的掙扎與顛覆，經長時間演練變成習慣而內化為人格的一部份。玉蓮願竭盡所能使母親有回復全人的可能，只是她必須先知道癥結所在，那根早已被層層肌肉組織包圍的芒刺不拔除，傷口便難以癒合，便要隱隱作痛隨時發作。

唐幻觸了觸女兒粉嫩的臉頰，輕輕搖頭不發一言地更衣上床。這夜，她沒有一個好睡眠。

這夜，揚的世界在一夕間崩塌。

稍早，正當真假武器為主角，學生與警察拳腳相向一派混亂時，一名警察從身後扣住揚的右肩，另一名持橡皮棍，以急雨落地的態勢打向揚的全身，隨後將他拖入百貨公司預定建築內。揚在暈眩的同時看到通往地下室樓梯口站有幾名武裝警察，他的口鼻早已流出腥濃鮮血，赤手空拳毫無能力抵抗的情況下再度被打並沿著樓梯滾下。「你這隻豬，你們以為三兩下就辦得到，哼，還早呢，有辦法就去弄部戰車來，搞不清楚狀況」，一個小腹微凸的高大警察斥喝著。揚的腹部再吃了幾記悶棍就被拖上早已等在外頭的囚車，車上歪坐著三個不相識的青年，各個身上掛彩。車門喀一聲被鎖，車子立即開動。

全身各處的疼痛阻礙了揚的思考，鐵格窗外晃進不斷閃逝的街燈，警車在路上飛馳，紛亂中揚的後腦撞打在鐵條上，痛神經直接牽引他的皺鼻蹙眉，頃刻間整個人被唐幻的幻影籠罩。我要見她，我要此時此地就見到她！揚在心底吶喊。身體的不適導致對溫情寬慰的渴求，他只接受唐幻。

警車猛然煞住，車門開啟，揚及其他三人被喝令下車，其中戴眼鏡的必須將其拿下。從大門到入口的通道兩邊站立的警察以拳擊腳踹歡迎到訪的四位青年，儼然一副蓋世太保的架勢。警察是經專業訓練有國家法令支挺的正義黑道，摘掉眼鏡正是要不見血地傷人。四人被關一室，兩小時候揚是最後一個被審問。

流血已止，疲憊正加速侵襲全身，揚耐住肉體的疼痛心裡的酸楚，給齊基本資料後，問話於是開始。

「要不要喝點水？」刑事組長問，出奇有禮。

「嗯。」揚輕輕從鼻孔出聲，無法正坐。

「你知道你為什麼來這裡？」

組長很有把握地等著聽到他已知的答案。再問一次只不過像老師審問小學生那般，只要對方害怕了便會自找過錯來承認。

「不知道，完全不知道，」

揚將眼睛閉起，因著患病似的全身不適，更因為不願看到無可理喻所謂正義的代表。

「我什麼都沒做。」揚生氣地從齒間擠出這句話。

「什麼意思？」

組長得不到預期的答案，頗感驚訝。

「我們只組織了一場示威，純粹的示威訴求。」

「現場帶來這麼多建築材料跟工具，你要怎麼解釋？」

「只想拼湊個房子模型，加強表達我們需要一個能自治的，位於市中心活動場所的重點。當我發現有人不排除使用暴力時已經太遲了。我只是要把纏打在一起的兩邊拉開，卻被你們的人打又被帶到這裡來。」

「記錄上說你非常粗暴猛推我的同事。」

「還有第二個辦法嗎？你怎麼分開打得正激烈的人？現場一片混亂，看到打在一起的就拉，我根本不能注意到誰是誰。」

組長思考半晌，看著這名全身髒污挨打受傷卻又一派凜然桀傲不馴的青年，心裡有了些許動搖。

「我們可以相信你的話嗎？」

「隨便。」

「證據。」

揚把組織示威過程的細節交代清楚，不得不讓人覺得合理合法。在足以說服人的說辭裡故意要聽出弦外之音便有刁難之嫌。一個多小時之後揚被釋放。他周身痛楚，更不堪的是嚴重受創的自尊。被出賣的感覺如火燒炙烈，痛恨自己缺少對人的認知，痛恨自己的赤誠被移作一齣鬧劇的幫襯。

揚精心的策劃宣告失敗，對人對社會對整個事件尤其對他自己感到莫大的失望，第一次萌生退卻的念頭，只想躲進唐幻溫柔的胸懷永遠不再面對世人。他不願回家，不願在父親面前顏面盡失，不願成全他先前警告能夠預知的驕傲，也不敢面對唐幻，她已信任他一次，是否會再給第二個機會甚難預料。唐幻對他的鄙視絕對會是一把割得他遍體鱗傷的利刃，他鼓不起勇氣甘冒有可能將自己全盤否定的風險。友儕更是不願見，葛漢是可以擋在自己面前代為被揍兩拳的朋友，其他人裡，誰是賣友的下爛痞子都還不清楚，怎能隨便出現他們面前自取其辱？

夜涼如水，黃色街燈明滅，一場只持續數小時的學生暴動就此平息，歷史也不會記上一筆。揚在暗夜裡遊走，原是趾高氣昂自信滿滿的革命雄獅，卻在悠悠乾坤找不到容身之地。

風雨後的藍天顯得特別晴朗，騷動後的蘇黎世看起來更加寧祥。市長在收音機裡的呼籲是從葉子墜入池塘的水滴，令人憶起昨夜的確下過一場雨。

絕大多數的蘇黎世市民對於昨夜由青年學生所引發的動亂感到憤怒，我本人也對這樣的行徑非常不滿。市政委員會面對任何擾亂市民的行為絕不退縮規避，人人都應該尊重保持本市的祥和與秩序……

一式緩慢無聊的聲調，一式為鞏保自己職權的無情發言，讓唐幻不自覺地憶起多少年前在台北的那個初春。市民騷動的消息與當局的廣播言論輪番出現。由於不被信任，當局的呼籲大都不被理會，市民若是有了自己的電台，必能在第一時間耳聞體驗，經由賣煙婦事例一舉引爆衝突的真相，不至讓人在事件初始，惶惑終日見不到未來。

年輕朋友以暴力違抗做為訴求的方式，必定無法達到他們的目標。我對我們國家以及蘇黎世所具有的內在實力深具信心，這些秩序及人力所聚積的力量一定要發揮出來貫徹到底……

此地，強有力的建設性內在力量被舉揚，在唐幻的故鄉，軍隊是可以開進城裏殘酷殲滅在獨裁的不義與壓迫下忍辱已久所衍生的反抗。同樣是動亂卻有著極大差異的內涵與訴求，同樣是鎮壓，卻以極為不同的手段與方式進行。一地只是拳打腳踢滴血點綴，另一地卻要肝腦塗地毀敗經年。當時的台灣青年一心爭取思想言論自由，一意打擊貪污腐敗，蘇黎世學生是要戒絕安逸，誓反過度消費以及缺乏理想的社會。設若台灣有朝一日發展成蘇黎世一般，是否也要面對同樣性質的動亂？唐幻的腦海裡掠過如許質疑，只感更加混亂思索不出答案。

學生們依約來整理地下室，葛漢監督工作直到完滿，只是不見揚。昨天下午散開後便不再看到他，接下來出乎意料突然引爆的動亂一發不可收拾，更是見不到他的蹤影。或許經昨夜一戰過於疲乏還在酣睡不起，葛漢這麼認為，卻又立即推翻自己的想法，他了解揚不可能只顧自己不參與勞役。失敗後應有的適當舉措及事件發生當場盲點的釐清，特別是探索引發武動場面的確切原因都有待揚出面主持。葛漢等不到他便決定到學校去找。

週六晚上部份地區的混亂情況不但不影響蘇城市民的日常，反倒是提供了抬槓的新鮮資料。即使出事現場離春華園不遠，人們也毫不忌諱地在第二天就光顧這家亞洲餐館，以完成計劃中的消費活動。

「他們應該事先就知道，像這種示威一定會招來群眾聚集，其實他們是故意把平時對警察的不滿升高為政治事件。」

一個蓄有山羊鬍的男人正與他的夥伴說得舉手投足差點撞上唐幻送來的一壺熱茶。

「他們只會模仿。在電視上看到別的國家示威，大概覺得很英武，自己也想玩一玩，根本不用大腦，只是放任自己被傳染。」另一個男人說。

「吵了幾個禮拜，就想把百貨公司的預定大樓挪用成他們的聚會場所。怎麼不想想，就在火車站斜對面，黃金地段吶，哪有他們學生的份！」

「他們不是嚷著要反越戰要和平嗎？現在居然是以暴力要求和平，純粹是小孩子玩遊戲，無理取鬧嘛！」

「反正那些把法令踩在腳底下破壞公共秩序的都要付出代價。」

整個春華園上下幾乎都在熱烈討論前一天的事件，學生暴動是蘇黎世頭號新聞，議論紛紛的言辭裡全是對學生的譴責與非難。

直到打烊仍不見揚的蹤影。

週一上午，林關寶與唐幻到達餐館準備營業，當天的報紙便已躺在大門前。

「把示威者關到集中營裡去！」「應該把他們送進煤氣間！」「把他們丟到林瑪河裡！」報紙上好幾頁充塞著憤怒的讀者投書，不也是觸目驚心句句暴力？唐幻無趣地翻著報頁，只見，農業團體、男聲合唱團、體操俱樂部、學者、企業界人士以及許許多多的個人把自己推薦給警方，希望下次能加入制暴行列。孩子們由老師家長帶領到警局獻花捐款送飲料送巧克力。唐幻無法解釋這些人的行徑，學生挺站弱勢的一邊難道是應遭群起攻伐的錯誤，還是在蘇黎世只有衣履光鮮沈著傲慢的強者居住？當時的台灣民眾反政府，此處的居民卻處處護著當局。唐幻歷經的兩個社會政治事件只讓她徒發興嘆於人類的永不太平。

暴動後藍明失蹤，如今，三天已過，揚究竟浪跡何處？當初唐幻怎麼等待藍明，現在她就怎麼等待揚的出現。

暑假開始，學生紛紛返家。玉蓮曾多次赴蘇黎世大學尋找，毫無斬獲。三週五週過去，揚的音訊全無。馬可去了幾趟警局仍然問不出所以。凱琳臨時取消國外音樂會，立即趕回瑞士。父母絕望地尋找兒子，一日過了又一日，他們不能明白到底是什麼樣的刺激與不堪足以讓揚如此決絕斬斷親情。他們雖從警方得知，揚確實曾經參與暴動，卻無法想像出事後他可能的去處。

「組長怎麼說？」

凱琳憂心如焚。她站在揚的房裡倚著落地窗望向花園中翠嫩欲滴的草坪。蓋這房子的當初，特地設計好讓揚的房間有最好的視野景觀，讓他盡情體會四季變遷，盡心觀察松鼠貓兒飛鳥與自然的交誼。

「我不是都已經說過了」，馬可回答。

因擔掛唯一的兒子而緊蹙眉頭加深了額上的皺紋。

「警方到目前為止都沒接到特別的報告。我想他不會有生命危險，只是不曉得躲在哪裡。」

「可憐的孩子，」凱琳說，「他一定失望到了極點。在他自己的世界裡，他真的是無懈可擊，這點你應該也清楚。他把一切都看得太嚴重。從一個二十歲孩子的身上你還能要求什麼？他是這個時代的犧牲者，是被執著理念犧牲了。」

揚的父母彼此擁抱彼此安慰。只要揚能回來，一切都可以從頭開始，一切都可以重新再來。

玉蓮暗地裡偷偷哭泣就怕增加母親的憂慮。近來唐幻又變得失心失神，玉蓮以為母親為她找不到揚而擔心。在母親面前雖盡力以笑臉相待，只怕是母女連心，擔心掛念不需透過外表便能觸脈達意。

唐幻渴望見到藍明，不，她渴望見到揚，分分秒秒等著他的出現。她清楚記得揚的擺頭張手跨步微笑，她清楚記得他如何情深款款對她注目，如何發誓般與她說話，如何在每個動作每個眼波的流轉那麼急切猛烈地要她。

唐幻決定去尋找。到河邊。無論天晴天雨，每個下午唐幻必到林瑪橋上徘徊流連。她與自己下注，只要沒看到藍明，不，只要沒看到揚的屍體，他便還活在人間。只要他的耳鼻生殖器不被割離，他便能留有完好的身體。只要不兩刀入胸兩刀入腹，他便能繼續談話呼吸。

水流日夜默默無情。街上交通無阻行人依舊穿行。有人因天天在同一時間同一地點遇到同一亞洲女人憂戚滿面頻望河水在橋上緩步慢行而感到奇異。不久來了一名警察詢問唐幻的企圖，她不答，只是一逕恍惚望向空無。

長長的暑假結束，以為揚在新學期會來上課的希望落空。這名年輕的理想主義者不留下任何痕跡地杳無蹤影。唐幻的日子承襲一脈的孤寂，等人的不懈只會讓她更加癡情。十一月總有疾風勁雨，她仍每日踱步上橋凝望河水悠悠，回來坐在櫃台後頭靜靜等候。如此的重複逐漸發展成生活的全部，等待是支持她睡下後要醒來的理由。

這天，氣候出奇陰霾，強風呼嘯，所有的輕盈都要離地飄起。雨點横下，行人壓帽抓衣以保有一點暖意，春華園靜悄得唐幻要聽到自己的呼吸。

一個男人，快步沿窗走過，開了門入了玄關，側身掃去肩上的雨滴。唐幻睜大眼睛併住呼吸走出櫃台。是他！終於是他！唐幻突被一道冷風襁裹，她蜷起雙手，而那顆心呵，可以是那麼凜烈翻騰！揚大步跨進，將全身戰慄的唐幻一擁入懷。他清楚感覺到她的抖動如一隻受驚的小鳥。唐幻閉上眼，任憑積蓄兩個十年的淚水恣意奔流。原來她早已不為苦痛哭泣只為歡喜掉淚。揚領她坐下。她的眼必須看住他，以免他再度無緣無故凌空蒸發。他瘦了，黑了，頭髮長了，鬍子也不修飾了。他幹了許多粗活，除了藍如深海的雙眸，不再是她先前認識的那個中文系學生。

「妳好嗎？」揚溫柔地問。

她只是歡喜流淚。

「很對不起，唐幻，當時我不告而別。在動亂中我被打得很厲害，極度失望也不敢來見妳。這幾個月我在伯恩附近山上的農場到處打工，也存夠了錢。我下定決心來見妳，是要告訴妳一件計劃。我們一起離開瑞士，我們去中國，唐幻，去中國，只有妳和我。」

揚不掩興奮，他的神采飛揚依舊可見。他不願見其他人直到成功的那天，這謎樣的纖巧女人是個特例，他非要與她同天同地。

唐幻先是非常震驚，才緩緩搖頭。

「妳聽我說，唐幻。在中國，我的夢想才能成真。毛澤東在天安門廣場接見年輕人，鼓勵他們建設一個新的國家。在蘇黎世我沒有機會。資本家只顧自己，年輕人只想在媒體前出風頭，結果被利用後還被貶得一文不值。」他試著說服唐幻。

她仍是搖頭，兩人只得都沈默。在這中斷的時間裡唐幻完全無法思索，自從認識揚，他便不斷地給她驚奇，而每一個驚奇都足以令她神魂顛倒可歌可泣。

很長一段靜默之後，揚才戚然艱澀地說：「為什麼愛妳會這麼難？」

唐幻望入他疼痛的深處無法給出答案。

揚拿起她的手輕輕握入自己的掌，極其嚴肅地看著她說：「在中國我可以找到我的夢想，可是找不到妳。好好看著我，唐幻，玉蓮快回來，我必須現在就走。兩個禮拜後的星期六晚上七點二十分，我的火車從第五月台開出。如果妳要我如同我要妳那樣迫切，請妳來，我會在車上等妳。」

他擁抱她，親吻她，然後離開。

揚打算出發的那天去信給父母，告訴他的決定也請他們不要掛念。去中國勢在必行。那裡的人有另一付肝膽，才真的有勇氣才懂得什麼是勇敢。蘇黎世人只念念不忘如何改換浴室的水簾如何給廚房上彩粧。這是兩群頭腦裡兩個全然不同的認知，他無法繼續在兩極之間擺盪。他有把握唐幻必定會與他同行。她焦灼於他的音訊渺茫為他落淚，分明是愛他的表徵。唐幻尚有兩週可做準備，兩週之後他們將一世不分離。

母親形同癱瘓，父親也從來就不濟事，玉蓮只好緊急招來淑英幫忙。唐幻雖在餐館裡心卻已不知去向。揚的要求對她太過震驚，依台灣經驗，她不願意和中國人生活一起，雖然她也算是其中之一。再度失去藍明，不，再度失去揚更不是她所願意。是否要瞞著玉蓮出走？是否玉蓮應代替她和揚齊赴中國？是否她可以如此重傷玉蓮，還是就讓自己的愛在眼前消逝化為雲煙？輾轉反側，唐幻幾多個不眠的愁夜也礙不著時時外出尋芳的林闕寶，當然提不起他的疑。半個月時間還未來得及掐指，週四週五週六便已來臨，唐幻被憂愁與猶豫撕扯得了無天地。

雪在午後四點五十分開始下起。雪片激動狂野紛飛。晚上六點陸續有客人上門。她的心跳猛烈。七點，七點零五分，再不走就太遲！唐幻從櫃台後倏忽站起，出了餐館便往火車站方向飛奔而去。雪愈落愈密，盤起的髮髻披散在風雪裡飄盪。她跌跤在溼滑的地又快速立起，沒有大衣被雪飄蓋的唐幻在黑夜裡狂命奔跑全心全意追尋她的愛。我跟你去，揚，等等我，藍明，她在心裡呼喊，這次你不可以再把我拋下，等等我，等等我……

當唐幻上下氣不順接地趕至第五月台，載著揚的火車業已出站。車後紅燈閃爍，一明一滅間趨弱至一小紅點終至被黑暗吞噬。唐幻停留在永恆的現狀。她的眼底一片空曠，如同二十一年前的完全不在現場。

後記——車裡的思想

顏敏如

已不記得何時培養了這個嗜好，就愛獨自在交通單薄的高速公路上狂飆。不但必須有莫札特的安魂彌撒曲作伴，還非要是1962年卡拉揚指揮柏林愛樂在漢堡錄音的那一版不可。

車胎在平穩的公路上奔滾，把音樂調到極大聲，全身由氾濫於一整個密閉空間的旋律包裹，箭一般向前飛馳，思緒竟是無比清晰尖銳，對空間、時間的感覺卻相對魯鈍起來。想到出版社通知要出書的消息，車子逕自駛入了時光隧道。

這故事寫於大約七年前，當初的動機是「不甘心」。中國大陸的任何風吹草動，中國到歐洲來的任何可取、不可取，似乎都被視為可讓人立即享受異國情調的珍貴消息，而台灣卻鮮少為人所知。曾在一個偶然的機會裡，看到瑞士某個村裡小學的世界地圖上，中國東南部只見一片汪洋海域，台灣島是不存在的。從曠闊海洋冒出的，「無中生有」的身世，讓我興起應該將台灣介紹給此地人知道的想法。默存於心的意圖不曾消退，自忖二二八或許是個介入點，若直接以德文書寫，應當較方便將台灣介紹出去。考慮之後，卻又覺得單以台灣為主角可能不容易引起注意，因為哪個國家、哪個民族沒有自己的滄桑？事過經年，偶然得知1968年蘇黎世曾有一場小規模的學生暴動，於是認為，將兩個文化內涵、時代背景全然不同，發生動機卻又相似的事件加以結合是可以嘗試的方向。介紹台灣的動機便擴大成探討年輕人對所處社會環境不滿，意圖改造，以及資本主義與社會主義之爭等等議題的碰觸，並以愛情故事帶出每個世代年輕人所曾經重複，也必定會在現在與未來不斷重複，對美好新世界懷抱理想，卻又遭受打擊敗北，亦即，青春之美相對於殘酷現實的訊息。

讓一個不曾親身經驗的時代重現，讓一些不曾聽聞的人物存活，分明是給自己苦膽嚐的工作，更何況是跨國越界，硬要將絲縷編織成彩圖的挑戰！寫之前，我看了有關二二八的著作、慰安婦的報導、歌仔戲班的論文研究，以及無數的篇章與書籍，現在已無法具體指出曾經涉獵哪些。瑞士方面，我在所居地中央圖書館調閱了近四十年前蘇黎世火車站暴動的現場報導及當時的雜誌，翻閱了那個時代的服裝介紹，讀了由瑞士記者所寫有關1960年代整個世界政治背景的記錄；以電話訪談一位所謂「六八年代」的當事人，了解他的心路歷程；向當時和亞洲有生意來往者詢問二十世紀中期港台兩地的海運及歐亞空運航線；特別去看了蘇黎世火車站周遭，並以電話詢問蘇黎世市政府檔案室有關華僑在蘇城的情況等等。有關故事裡各個人物、各種背景的雜亂筆記、塗鴉也早已不知遺落何方。如今回看這事，就是在歷史裡談歷史了。

至於近年來在台灣政黨對決中，幾乎位居要津的二二八事件辯證，既不是這小書的主旨，也不一定是我的興趣所在。荷蘭一位歷史學家曾說：「歷史是永不止息的攻防與辯論。」同一時代的人經歷同一事件，卻有不同的說法與感受，因為每個人只侷限於自己經驗的那一部份，只能從其中一個角度揣度整個過程。歷史事件唯有在搜列、拼湊不同面向之後，才能探知較客觀的實情。問題是，如果每個人的親身經歷是或多或少受到操弄的結果呢？

想起，因在「魔鬼的詩篇」（The Satanic Verses）中褻瀆穆罕默德，而被前伊朗最高領袖何梅尼下令追殺，出生印度，英國籍作家魯西迪（Salman Rushdie）所說的一段話：「如果一位作家可以毫無畏懼地書寫，那麼他就不應該創作。我把文學、藝術置於萬事之頂，它們是能夠讓人類把自己說明白的最高管道，若要毫無遺漏地完成這個使命，就必須有勇氣並傲慢地不對自己設限、不做自我檢查。」魯西迪認為，即使有所畏懼也應該盡情表達。這是種有話要說，不得不說，而把自己暴露在人前，供人檢驗的大膽舉措。在獨裁國家裡，負責「端正思想」的是政府機關，在言論自由的多元社會中，文字或語言是否造成不良影響或留下後遺症，也不見得有個準。這，只能讓歷史自己去說話了。

有人說，寫什麼是人格，怎麼寫是風格，這話沈重，卻也真實。世上有多少種人，就有多少種寫作者。俄國作家沙拉莫夫（Varlam Shalamov，1907－1982）曾尖刻地批評海明威是個看風景的觀光客，對索忍尼津（Alexander Solshenizyn）把集中營的描寫提高到藝術美學的層次，並不以為然。他主張非文學的文學，認為文學不能有美與道德，直覺直言的筆記式書寫才「合法」，反對修潤與改動；強調，敘述不能太過於文學性，否則就是敘述的死亡。他曾批判索忍尼津美化集中營生活，是犯了「死罪」。索氏「古拉格群島」的副題「對藝術研究的嘗試」是沙拉莫夫所難以忍受的。對集中營的全盤否定，對於把生命期望限制在極小範圍，只要能夠在醫院裡、在床上死去，而不是在寒冷的曠野、不是在板車上、不是在車輪旁、不是在叫罵聲中的骯髒棚屋裡、不是在夥伴們的冷漠裡死去的卑微而強烈的企盼，使他拒絕任何文學形式對集中營生活書寫的干預；因為，在文字無法傳達、語言無法敘述的絕滅境況裡，美學必定失去矯情的提昇作用，道德也不再能夠昂首批判。沙拉莫夫得到今年俄國的索忍尼津文學獎，我懷疑，如果他仍在世，是否會拒絕這個獎。

我對「此」故事的書寫，既沒有魯西迪的大膽挑釁，也沒有索忍尼津的文學修持，而沙拉莫夫式，不允許人工造作褻瀆死絕的堅持，就更談不上了。只懂得，除了變化，沒有一樣是永恆；連不褪色的愛情也只能生存在文學藝術裡。於是，就簡單地說，這故事裡的安排是反映人間世吧。

是啊，在高速公路上疾馳又不排除複雜的思慮，對自己、對他人是多麼不道德。常因此而開錯路，還只是輕微的懲罰罷了。

國家圖書館出版品預行編目

此時此刻我不在 / 顏敏如著. -- 一版. -- 臺北市 :
秀威資訊科技, 2007.08
面； 公分. --（語言文學類；PG0149）

ISBN 978-986-6732-06-5（平裝）

857.7　　96016411

BOD Books on Demand　語言文學類　PG0149

此時此刻我不在

作　　者 / 顏敏如
發 行 人 / 宋政坤
執行編輯 / 林世玲
圖文排版 / 郭雅雯
封面設計 / 莊芯媚
數位轉譯 / 徐真玉　沈裕閔
圖書銷售 / 林怡君
法律顧問 / 毛國樑　律師
出版印製 / 秀威資訊科技股份有限公司
台北市內湖區瑞光路583巷25號1樓
電話：02-2657-9211　　傳真：02-2657-9106
E-mail：service@showwe.com.tw
經 銷 商 / 紅螞蟻圖書有限公司
台北市內湖區舊宗路二段121巷28、32號4樓
電話：02-2795-3656　　傳真：02-2795-4100
http://www.e-redant.com

2007 年 8 月　BOD 一版
2008 年 1 月　BOD 二版
定價：200 元

讀　者　回　函　卡

感謝您購買本書，為提升服務品質，煩請填寫以下問卷，收到您的寶貴意見後，我們會仔細收藏記錄並回贈紀念品，謝謝！

1.您購買的書名：______________________

2.您從何得知本書的消息？

□網路書店　□部落格　□資料庫搜尋　□書訊　□電子報　□書店

□平面媒體　□ 朋友推薦　□網站推薦　□其他________

3.您對本書的評價：(請填代號　1.非常滿意 2.滿意 3.尚可 4.再改進)

封面設計____　版面編排____　內容____　文/譯筆____　價格____

4.讀完書後您覺得：

□很有收獲　□有收獲　□收獲不多　□沒收獲

5.您會推薦本書給朋友嗎？

□會　□不會，為什麼？______________________________

6.其他寶貴的意見：______________________________

____

____

____

讀者基本資料

姓名：________________　年齡：_____　性別：□女 □男

聯絡電話：______________　E-mail：________________

地址：______________________________________

學歷：□高中(含)以下　□高中　□專科學校　□大學

□研究所(含)以上 □其他____________

職業：□製造業 □金融業 □資訊業 □軍警 □傳播業 □自由業

□服務業 □公務員 □教職　□學生 □其他________

請 貼
郵 票

To：114

台北市內湖區瑞光路 583 巷 25 號 1 樓

秀威資訊科技股份有限公司 收

寄件人姓名：

寄件人地址：□□□

(請沿線對摺寄回,謝謝!)

秀威與 BOD

BOD（Books On Demand）是數位出版的大趨勢，秀威資訊率先運用 POD 數位印刷設備來生產書籍，並提供作者全程數位出版服務，致使書籍產銷零庫存，知識傳承不絕版，目前已開闢以下書系：

一、BOD 學術著作—專業論述的閱讀延伸
二、BOD 個人著作—分享生命的心路歷程
三、BOD 旅遊著作—個人深度旅遊文學創作
四、BOD 大陸學者—大陸專業學者學術出版
五、POD 獨家經銷—數位產製的代發行書籍

BOD 秀威網路書店：www.showwe.com.tw
政府出版品網路書店：www.*gov*books.com.tw

永不絕版的故事・自己寫・永不休止的音符・自己唱